青少年成长必读
青春励志故事丛书

彩图版

李 建 ◎ 主编

# 感人至深的 励志故事

## LIZHI GUSHI

天津出版传媒集团
天津科学技术出版社

图书在版编目(CIP)数据

感人至深的励志故事/李建主编.—天津：天津科学技术出版社，2012.3（2019.6 重印）

（青少年成长必读·青春励志故事丛书）

ISBN 978-7-5308-6868-3

Ⅰ.①感… Ⅱ.①李… Ⅲ.①故事—作品集—世界 Ⅳ.①114

中国版本图书馆CIP数据核字（2012）第047059号

---

感人至深的励志故事
GANREN ZHISHEN DE LIZHI GUSHI

责任编辑：郑　新

出　　版：天津出版传媒集团
　　　　　天津科学技术出版社
地　　址：天津市西康路35号
邮　　编：300051
电　　话：（022）23332674
网　　址：www.tjkjcbs.com.cn
发　　行：新华书店经销
印　　刷：三河市燕春印务有限公司

开本 700×1000mm 1/16　印张 9　字数 150 000
2019年 6月第 1 版第 3 次印刷
定价：29.80 元

# FOREWORD
# 前言

　　记忆中那些美好的故事，曾经深深打动过多少心灵，成为我们成长中不可或缺的元素。那些充满了智慧与哲理的寓言故事是我们成长中最美的回忆。

　　寓言故事历史悠久，源远流长。它经常运用拟人化的手法，赋予各种各样的动物、植物以人的思想，给人以深刻的警示和启迪。在这套书里，我们精心挑选了六种类型的寓言故事，分别是知识、美德、情商、谋略、激励和财富。这套寓言故事不仅是向少年儿童灌输善恶美丑观念的启蒙教材，而且是一本生活的教科书。相信小朋友们在阅读的同时，既能得到文学的熏陶，又能得到心灵的启迪。

　　为了便于小朋友们的理解，我们为每则寓言都配上了精彩的图片，相信一定会让你爱不释手。还等什么呢？快快翻开本书吧，和我们一起走进美妙的寓言世界！愿我们把快乐和感动带给成长中的小朋友们。

# 目录
## CONTENTS

| | |
|---|---|
| 跳出井口的小青蛙 | 6 |
| 第三只青蛙 | 7 |
| 名角山羊 | 9 |
| 受伤的大雁 | 10 |
| 蜗牛登塔 | 11 |
| 百灵鸟的梦想 | 12 |
| 学跳舞的小象 | 13 |
| 乌龟和飞车 | 14 |
| 乌龟爬山 | 16 |
| 鲤鱼跳龙门 | 18 |
| 小金鱼的疑问 | 20 |
| 老骆驼的经验 | 21 |
| 熊和蚂蚁 | 22 |
| 忙碌的蜘蛛 | 24 |
| 两只蚌的对话 | 27 |
| 脱壳的龙虾 | 29 |
| 千里马和狗 | 30 |
| 西蜀和尚 | 31 |
| 少年与大鹏 | 32 |
| 三个登山的人 | 33 |
| 三人寻宝 | 35 |
| 笨小孩天使 | 36 |
| 挖 路 | 37 |
| 两颗绿豆 | 38 |
| 仙人掌 | 40 |
| 竹 节 | 43 |
| 爷爷松和娃娃松 | 44 |
| 岩缝里的小草 | 47 |
| 平凡的爬山虎 | 48 |
| 渴望成长的雏鸡 | 49 |
| 大树下的树芽 | 50 |
| 树和泥土 | 51 |
| 园丁与种子 | 53 |
| 四季豆的叹息 | 54 |
| 老人和小鸟 | 55 |
| 枣红马 | 56 |
| 两块石头 | 57 |
| 小钟学走 | 59 |
| 命运女神的礼品 | 60 |
| 江和河的对话 | 63 |
| 主人与金翅雀 | 64 |
| 农人骑马 | 64 |
| 三个人和一只蜘蛛 | 65 |
| 乌龟与螃蟹 | 66 |
| 兔子一家进餐厅 | 68 |
| 学习游泳 | 69 |
| 小白兔与刺猬 | 70 |
| 泥塑烤鸡 | 72 |
| 猎狗与兔子 | 73 |
| 骆驼大爷的水桶 | 74 |

| | | | |
|---|---|---|---|
| 四个王子 | 75 | 风和白杨树 | 109 |
| 修树人 | 76 | 小池中的小虎鲨 | 111 |
| 一只小老虎 | 77 | 母亲树和种子 | 113 |
| 升华的小河 | 79 | 陀　螺 | 114 |
| 口渴的驴子 | 80 | 大地的鼓励 | 115 |
| 老马训子 | 81 | 小马过河 | 116 |
| 狮子和羚羊的家教 | 82 | 老马与小马 | 118 |
| 臂　力 | 83 | 不争气的马 | 119 |
| 孪生兄弟 | 85 | 打　猎 | 120 |
| 回　家 | 86 | 不满的罐子 | 122 |
| 老马的嘱咐 | 88 | 走钢丝的小猪 | 123 |
| 乔木和灌木 | 89 | 大猪和小猪 | 124 |
| 身后的狼 | 91 | 野猪和家猪 | 125 |
| 长成一座山 | 92 | 夜猎高手猫头鹰 | 126 |
| 蒲公英 | 94 | 人与鹰 | 127 |
| 懒惰的麋鹿 | 95 | 老鹰的遗嘱 | 128 |
| 起　飞 | 96 | 驯　鹰 | 131 |
| 麻雀与山鹰 | 98 | 小鹰学飞 | 133 |
| 倾听人的谈话 | 100 | 谁跑得最出色 | 134 |
| 懒人学飞 | 101 | 不材之木 | 136 |
| 细毛鸡老师 | 102 | 培　养 | 137 |
| 鸢饿子 | 104 | 老鼠妈妈教子 | 138 |
| 母狐逐子 | 105 | 马与驴 | 140 |
| 白头翁的教诲 | 106 | 武王的皇哺犬 | 141 |
| 佛像与木鱼 | 108 | 高贵的猫 | 142 |

样干活?"

蜘蛛点头道:"是的。我每夜都通宵工作,从不间断。我总是织了拆,拆了织!不过总是在夜里重织网。所以好多人不知道,以为我织一次网就"一劳永逸"。"

小蚂蚁再也没问什么,默默地沿着树干朝下爬去。因为小蚂蚁明白了。想坐在那里,躺在那里,等着别人把幸福用金盘子给你端来,那永远是空想、幻想!

##  两只蚌的对话

有一天,章鱼闲来无事正在海底世界悠游,经过蚌壳之家时,听到两只蚌的对话。

其中一只蚌对另一只说:"我觉得好痛苦啊,那些又粗又多的砂粒每天在我的体内动来动去,磨得我痛死了,不但无法好好休息,晚上也睡不着觉。"

另一只蚌则骄傲地说:"对呀,我看你真是辛苦,像我就幸运多了。不但完全不必承受这些痛苦,

去的。"别的青蛙劝说。

小青蛙没说话,它继续练习。一天,它来了个三级跳,跳到了离井口不远的地方,井口落下一个土块,打在它的头上,小青蛙跌落井底,晕了过去,许久才醒过来。小青蛙的执著受到了无情的嘲笑。

养好伤后,小青蛙更加勤奋地练习,终于练成了四级跳的真功夫,成功地跃出了井口。它发现,天真大呀!海真阔啊!小青蛙终于看到了它想看到的一切。

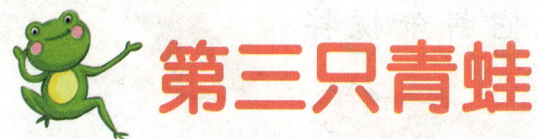

# 第三只青蛙

蓝天碧云下,牛在吃草,牧人在挤奶,三只正在嬉戏的青蛙一不小心掉进了鲜奶桶中。

第一只青蛙说:"我的命真苦,好端端地掉进牛奶里,难怪今天一早眼皮就跳个不停。"然后它就盘起后腿,一动不动等待着死亡的降临。

第二只青蛙说:"桶太深了,凭我的跳跃能力,是不可能跳出去了。今天死定了。"它试着挣扎了几下,感觉到一切都是徒劳无益的,于是,在绝望之中深入桶底淹死了。

第三只青蛙环顾四周说:"真是不幸!但我的后腿还有劲,如果我能找到垫脚的东西,就可以跳出这可怕的桶!"

但是,桶里只有滑滑的牛奶,根本没有可支持的东西,虽然拼命地挣扎,但是一脚踏空,还是落入黏糊糊的牛奶中。它也曾经想放弃。像它的同伴安静地躺在桶底,但是,一种求生的欲望支撑着它,一次又一次地跳起来……慢慢地,它感觉到下面的牛奶硬起来——原来在它拼命搅拌

> 只要坚持不懈,牛奶可能变成奶酪。

下，鲜奶变成了奶油块。在奶油块的支撑下，这只青蛙奋力一跃，终于跳出了奶桶。

##  名角山羊

森林杂技团里有许多出色的艺术家：钻火圈的老虎、表演空中飞人的猴子、善于滚球的黑熊……它们卓越的表演给观众带来了无穷的快乐，受到了观众热烈的欢迎。

一只流浪的山羊找到团长，想加入杂技团。面试时，它瘦弱的身材受到了黑熊的嘲弄，笨拙的动作让猴子笑得肚子疼……

流浪的山羊默默地离开了。但它肚里憋了一口气，它找到了一处陡峭的山崖，拼命练习自己的灵巧性，除了吃饭与睡觉，它从不停下来。不到半年，它便能在山崖上跳跃自如了。为了更高的目标，它找到了一条藤，系在两边山崖上，练习空中走绳。不到两个月，它便能轻盈地走在藤上，并能做出许多高难度的动作。

山羊练成绝技的消息传来,杂技团团长亲自相迎,山羊终于成了杂技团的名角。

## 受伤的大雁

一只受伤的大雁落在草丛中,它歇了一会儿,又奋力起飞,但沉重的伤势迫使它又停了下来。

"可怜的大雁,你的伤这么重,不好好休息,要去干吗?"麻雀关切地问。"我要到南方去。"大雁喘息着回答。

"这里的冬天并不寒冷,而且有充足的食物,你没有必要那么辛苦。"麻雀说。

大雁摇摇头,它静静地在草丛里待了一会儿,再次振翅而飞。可是飞翔一段之后,它又跌落在草丛中。

一只喜鹊飞过来,关切地问:"老兄,你这是怎么啦?"大雁说明了原委。喜鹊说:"我劝你最好别去了,在这儿筑个窝歇着吧!"大雁躺在地上没有说话。第二天,它又起飞了。

在一个初冬的早晨,当东方的太阳升起时,它终于飞到南方了,看到了优美的小桥,荡漾的水波。

## 蜗牛登塔

一天,一只蜗牛背着它的壳,在一座铁塔的脚座下慢慢蠕动着。一只蚂蚁走过来,和蜗牛相遇了。蚂蚁问:"蜗牛老哥,你到哪儿去呀?"蜗牛回答:"我想爬上铁塔的尖顶,去欣赏一下城市的风光。"蚂蚁劝告说:"别去了,上面的风大得很。我年轻时也有过像你这样的雄心壮志,可是没等我爬到铁塔的一半,就被一阵大风吹落下来。幸好跌落在柔软的草地上,不然,真是粉身碎骨呢!"

蜗牛听了以后说:"不过,我还是想尝试一下。"蚂蚁再次相劝:"千万别去了,凭你这样柔软的身体,又爬得这么慢,怎么能到得了塔顶?"蜗牛微笑着说:"谢谢你的好意,还是让我试试吧!"

蚂蚁再三劝阻:"这是很危险的,你何必要冒这样大的险!"

蜗牛还是执意要上塔顶去。蚂蚁见相劝无效,只好摇摇头走了。蜗牛背着壳慢慢地蠕动。经过数日的努力,历尽千辛万苦,终于登上铁塔的尖顶,看到了整个城市的风景。

## 百灵鸟的梦想

百灵鸟在成为歌王之前,只是一个胸怀大志却默默无闻的小鸟儿,它最大的愿望是和当时的歌王夜莺一起登台唱歌。

百灵鸟从遥远的山头飞到夜莺所在的拉迪山时,因一路风尘,羽毛已失去了光泽。其它鸟儿以为它是一个流浪者,但百灵鸟毫不在意别人的看法,因为它心中有一团火在熊

把梦想化做前行的动力，坚定不移地向自己的目标奋进。

熊燃烧着，促使它去行动，去叩响夜莺的大门。

夜莺被百灵鸟的精神感动，同意以后有机会带它同台演出，但前提条件是百灵鸟要先跟它学习一段时间的基本乐理，然后再让它登台演出。

百灵鸟高兴地拜师学艺了。一年后，百灵鸟终于和夜莺同台演出了，它优雅的歌声征服了所有听众的心，有人甚至认为它的歌声能与夜莺相媲美。

## 学跳舞的小象

**舞**会上，小象见许多动物随着音乐翩翩起舞，十分羡慕。于是，它对妈妈说："妈妈，我也想跳出像小鹿那样美妙的舞姿。"

象妈妈说："傻孩子，这是不可能的，我们四肢像柱子一样粗壮，根本不是跳舞的材料啊!"

"不,妈妈,我想我一定会学会跳舞的。"从此以后,只要有舞会,小象都去参加,它逐渐琢磨出一套适合自己身材的舞蹈。它想:我身体高大,不适合像小鹿那样跳旋转舞,但我粗壮的四肢却是别的动物所无法比拟的,我正好可利用这个优势来跳踢踏舞。

每个人都有自己的长处,要学会利用自己的所长。

当又一次舞会开始时,小象大大方方地走进了舞场中央。音乐响起,小象随着激昂高亢的节拍和鼓点翩翩起舞。一曲未终,雷鸣般的掌声淹没了整个舞台。

## 乌龟和飞车

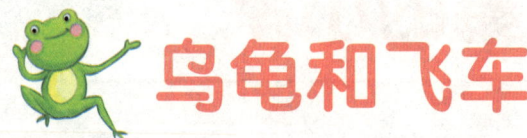

自从和兔子较量后,乌龟就清醒地意识到:"尽管胜利了,但自己在速度上远远比不上兔子,这是铁的事实。要想立于不败之地,就必须加快自己的速度,不能再爬行!"

怎么办呢?乌龟首先想到的是抛弃甲壳,使自己背上没有负担。但它马上就否定了这个念头:不行,在虎狼横行的世界上，没有自卫能力是不能生存的。再说，即便抛去甲壳，自己的腿脚也着实太短太笨，出不来什么速度！自己的前面并不只有一只兔子，还有骏马、角鹿、羚羊、鸵鸟一系列数不清的高速度强者！唉！超越不了它们，又怎么走到最高列？

许多次，乌龟泄气了，它这样安慰自己："我只要坚韧不拔地拼出全部能量就可以了，即便是工作落在后面，大家也会谅解的。"可是，倔强的它又立即这样批判自己：难道落后也可以原谅？不，他人的原谅仅仅是怜悯，而自己的原谅则是对自己的蔑视和放弃！我一定要强化自己，给自己加上飞毛腿！忽然，脑海一道闪电驰过，它想到了发明和创造。经过无数日夜的奋斗，它终于制造出了动物界第一辆飞车。

从此，乌龟有了风驰电掣的高速度，任何强者能被它远远地甩在了后面。

# 乌龟爬山

**大**河边峙立着一座山。在河里住着一只乌龟。一天,风和日丽,乌龟忽然想起,要到高山顶上去纵览自然风光,它兴致勃勃地出发了。

因为山高坡陡,乌龟爬得很吃力。乌龟爬行的速度本来就慢,上山爬得更慢了。爬几步就要停下来喘喘气。

爬了好久,乌龟伸长头颈朝上看看,"唷!"离山顶还远哩!这时乌龟有点后悔,责怪自己不该如此冲动,竟想爬到高山顶上看风景。但是既然爬了,总得爬上去吧!又慢慢地往上爬。

半山上长着一棵灵芝草,看见乌龟惊叫起来。

"哎,我以为是谁呀,原来是

乌龟老兄。你往哪儿去啊！"

乌龟气喘吁吁地说："我……我想爬到山顶上去看看风光。"

"什么？"灵芝草诧异地说，"你竟要爬到山顶看风光？真是好高骛远！像你这样的爬行速度，爬到山顶已经天黑了，怎么看风光？山顶上没有吃的，又没有地方可住宿。那时候你肯定后悔莫及，有苦难诉。"

乌龟一听，完全泄气了。说："啊，我怎么办呢？"

"听我的忠告，快退回去。别再犹豫了！"

乌龟点点头，便转身往回爬。

上山不容易，下山也难呀！乌龟战战兢兢地一步一步地往下爬。

乌龟一脚不稳，滑了一跤。它忙把头缩进壳里。想不到竟像一块石头，"骨碌碌"一个劲儿下滚。

"哎呀，我的老天哪！这一下非粉身碎骨不可！"乌龟害怕得要哭了。

幸好，山下就是大河，"扑通"的一声，乌龟跌到河里，侥幸得救了。

乌龟不敢爬山了。它有时到岸上伸长脖子,凝视着那高高的山巅,用羡慕的眼光,仰望着天空飞翔的鸟儿,感叹说:"我何尝不想登高望远啊!那山顶的风光一定是很美的。只可惜我没有鸟儿一样的翅膀。"

可是乌龟从来没有责备自己的胆怯、怕死、毫无冒险精神。

##  鲤鱼跳龙门

自古以来,就有这么一个传说:鲤鱼只要跳过龙门,就可以变成龙。

鲤鱼的祖先把跳龙门的事一代一代传下去,告诉自己的子孙,并且鼓励它们去跳龙门。这不仅是出于"望子成龙"的心理,而且因为在鲤鱼家族里如果能有一条

鲤鱼成了龙,岂不是全族的光荣。

因此,世世代代,年年月月,鲤鱼们都去跳龙门。可是没有一条鲤鱼能跳过龙门。

河里的乌龟劝告鲤鱼说:"鲤鱼跳龙门是不切实际的痴心妄想。你们应有自知之明,何必去白花力气呀?"

鲤鱼回答说:"不错,我们鲤鱼至今还没能跳过龙门,但因为这样高标准要求自己,锻炼了我们鲤鱼跳跃的本领,所以才能胜过河里所有的水族,登上跳高冠军的宝座。"

要为自己树立远大的理想,并付出行动,总会有所收获的。

# 小金鱼的疑问

**黄**花鱼、鲤鱼和小金鱼是同时出生的小伙伴,分别了很久很久后,它们又聚首见面了。并述说各自的生活经历。

肥嫩的黄花鱼说:"我是喝大海里的咸水长大的。"

鲜美的大鲤鱼说:"我是喝黄河里的淡水长大的。"

小金鱼惊讶地睁圆双眼,充满疑惑地问:"那大海里的水又苦又涩,那黄河里的水充满泥沙,它们翻来覆去、动荡不休,时时裹挟来不幸和苦难,远远不如鱼缸里的水恬静、安逸、有营养,怎么可能把你们出落得这样肥嫩鲜美呢?你们看,我是喝现代水塔里的过滤水长大的,长得却这么病弱和短小……"

黄花鱼和大鲤鱼相互一笑,深情地告诉它:"或许不幸和苦难恰恰就是一种养分十足的生长剂,精美的鱼缸里怎么会有它呢?"

##  老骆驼的经验

老骆驼在垂暮之年,又一次穿越了号称"死亡之海"的千里沙漠,凯旋归来。

马和驴听说后,非常羡慕,于是它们相伴而行去拜访骆驼,想听听它成功的经验。

"其实没有什么好说的。"老骆驼说,"认准目标,耐

住性子,一步一步往前走,就到达了目的地。"

"就这些?没有了?"马和驴问。

"没有了,就这些。"

马和驴感到非常失望,没想到它们远道而来听到的就是这几句话。

"唉!"马说,"我以为它能说出些惊人的话来,谁知简简单单三言两语就完了。"

"一点也不精彩!"驴也深有同感。

## 熊和蚂蚁

狮子大王把熊和蚂蚁派在一起去刨土。熊接到命令后乐得合不拢嘴:"那奖牌肯定是我的!只要我这只脚掌扒一下,就够那小子干一辈子了。"

劳动开始后,熊只轻轻地在地上刨了几下,就呼呼大睡起来。蚂蚁因为力气小,丝毫不敢怠慢,一直埋着头刨土,可是总也赶不上熊刨的土多。

但是出乎意料，狮子大王把奖牌发给了小蚂蚁。熊非常不满，跑去问狮子大王："太不公平了！我刨的土难道不如小蚂蚁刨的多吗？"

狮子大王笑笑说："当然是你刨的土多，可是凭你的力气应该刨得更多。蚂蚁刨的土虽然比你少，但是它尽了自己的力量。如果按照力气大小来比较，应该说蚂蚁刨的土比你多许多倍呢。"熊听了狮子大王的话无言以对，只得低着头走开了。

无论做什么事，都要脚踏实地，认认真真。

## 忙碌的蜘蛛

　　小蚂蚁在地上爬来爬去,已经好几天没有找到吃的东西了。

　　小蚂蚁沿着树干往上爬,心想:"树上兴许有好吃的东西!"

　　虽然小蚂蚁在树梢并没有发现美味,可是,却认识一位新朋友。它就是大名鼎鼎的蜘蛛。

　　蜘蛛的生活,可真悠闲、舒坦,它伸开八只脚,笃悠悠地躺在蜘蛛网上。风一吹,晃晃荡荡,惬意

极了!它用不着像蚂蚁那样东奔西跑,"美味"总是自动送上门来。蚂蚁眼看着一只苍蝇粘在蜘蛛网上,没一会儿,一只蚊子又"不请自来",撞在网上。

小蚂蚁在一旁看着,看着,真是羡慕极了。

小蚂蚁央求道:"蜘蛛姐姐,把你吐丝和织网的本领,教给我吧!如果我也织了一张网。往上面一躺,一辈子不会饿肚子。真是"一劳永逸"哪!"

"一劳永逸?"蜘蛛感到奇怪。它劝小蚂蚁留下来,好好看看它是怎样生活的。

夜幕降临了,在月光下,蜘蛛网闪耀着银色的光芒。

这时,小蚂蚁打起瞌睡来了。然而,蜘蛛却忙碌起来了:它在蜘蛛网上爬来爬去,把蜘蛛网上的丝,一根一根吃进肚了。这样一来,蜘蛛网变了,只剩下光秃秃的几根搭架子的蛛丝。

小蚂蚁睁开蒙眬睡眼,疑惑不解地看着。

蜘蛛在把蛛丝吃掉之后,又忙碌起来,重新从腹部的喷丝口喷丝,又开始织网,一直织到天亮。才把网织好了。

小蚂蚁问蜘蛛道:"你干吗要把网拆了重织?"

蜘蛛答道:"如果不把干了的蛛丝吃进肚子,再重新织网,网就没有黏性,第二天不能粘住飞虫,我就要挨饿。"

小蚂蚁又问道:"你每天夜里都要这

## 跳出井口的小青蛙

在离大海不远处的岸上,有一口古井,古井里生活着一群青蛙,它们从未出过井口,一直认为天只有井口那么大。有一天,一只路过的大雁告诉它们,天无比的广大,海无比的宽阔。群蛙把大雁嘲笑了一番。一只小青蛙对群蛙说:"我们应该跳出井口,看一看天和海到底是什么样子。"

"天就是井口那么大,海只不过与我们的井水差不多!"蛙王笑着说。"不,我一定要上去看看。"小青蛙说。它开始往上跳,一次,两次……它跌得头破血流。"算了吧,你是跳不上而且每天过得很舒服,吃得好、睡得好,跟你比起来,我实在是太好命了!"

章鱼听完之后,走到第二只蚌的面前说:"你的同伴每天都必须忍受砂粒摩擦的痛苦,但是它能生出美丽又珍贵的珍珠,实现了很高的生命价值。而你呢,虽然过得很舒服,终其一生也只是一个再普通不过的蚌壳而已啊!"

> 经历了磨难,生命才会更有价值意义。

# 脱壳的龙虾

有一天,龙虾与寄居蟹在深海中相遇,寄居蟹看见龙虾正把自己的硬壳脱掉,只露出娇嫩的身躯。

寄居蟹非常紧张地说:"龙虾,你怎么可以把保护自己身躯的硬壳脱掉呢?难道你不怕大鱼一口把你吃掉吗?以你现在的情况来看,连急流也会把你冲到岩石上去,到时你不死才怪呢!"

龙虾气定神闲地回答:"谢谢你的关心,但是你不了解,我们龙虾每次成长,都必须先脱掉旧壳,才能生长出更坚固的外壳。现在面对危险,只是为将来发展得更好而作准备。"

听了龙虾的话,寄居蟹细心地思量了一下,自己整天只是找可以寄居的地方,从没想过如何使自己成长得更强壮。整天只活在别人的庇护之下,只会限制自己的发展。

# 千里马和狗

千里马在大道上飞一般的奔驰。道旁的狗看见了,向千里马狂吠:

"你太狂妄了!你竟然如此目中无人,只管自己飞奔,也不向我打个招呼!你神气什么?当心跌断你的腿!"

狗追着千里马不住地狂吠、咒骂。

不一会儿,千里马跑得很远很远,狗落在后面,望着千里马扬起的尘土,无可奈何地摇头叹息:"唉!我花这么大的力气喊叫,可它连听也不听!"

奔驰的千里马决不会因道旁的狗吠停止前进。

## 西蜀和尚

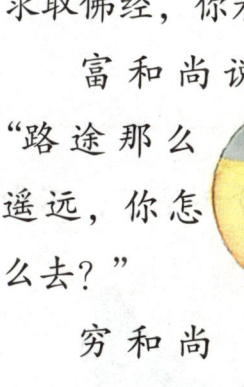前西蜀有两个和尚,其中一个很有钱,过着衣食无忧的日子;而另一个很穷,每天除了念经,还得到外面去化缘,日子过得很清苦。

有一天,穷和尚对富和尚说:"我很想到南海去拜佛,求取佛经,你看如何?"

富和尚说:"路途那么遥远,你怎么去?"

穷和尚说:"我只要有一个钵、一个水瓶、两

只有付出行动,愿望才能实现,光说不做永远也实现不了愿望。

条腿就够了。"

富和尚听了哈哈大笑说:"我想去南海想了好几年了,一直没成行,原因就是旅费不够。我都去不成,你那么穷,又怎么去得成呢?还是放弃这个念头吧!"

穷和尚不为所动,毅然踏上了旅途。一年后,穷和尚从南海回来了,把从南海带回来的一本佛经送给了富和尚。

富和尚看他果真实现了愿望,惭愧得面红耳赤,一句话也说不出来。

# 少年与大鹏

大鹏鸟高高地翱翔于九天之上。少年见了,不由得赞叹道:

"啊,飞得真高呀!"

大鹏鸟回答:

"这没有什么奥秘,不过是厚厚的空气托住了我的翅膀。"

"啊,我明白了!"少年扬了扬手中的书本说:"对我来说,它就是空气!等积累得多了。我也会高高飞起来的!"

## 三个登山的人

从前,有三个登山爱好者征服了许许多多的山峰。有一天,他们听说世界上还有一座很高的山峰,还没有一个人爬上过这座山,于是他们便相约去爬这座山。

第一个人刚开始攀登,感到山高坡陡,就退下来了。

无限风光在险峰,只有坚持到最后,才能看到最美丽的风光。

他说:"我是知难而退。"

第二个人勉强攀登到半山,气喘吁吁,望着上面险恶高峻的山势,摇摇头说:"还是适可而止吧!"也退下来了。

只有第三个人,在攀登途中,披荆斩棘,勇往直前,无所畏惧,几次跌倒,都爬起来再上,毫不气馁,终于登上了顶峰。

后来,三个人又碰在一起了。

第一个人说:"登上顶峰,也不过如此。还是我知难而退,省下了许多力气。"

第二个人说:"是呀,所以我适可而止,中途退下,也还是明智之举。"

那个登上顶峰的人笑着说:"你们虽然省下了力气,不过顶峰上的无限风光,你们是无法领略的。"

## 三人寻宝

有三个人因做了善事，先知决定给他们每人一个发财的机会，告诉他们在沙漠的深处有一个地方埋藏着宝藏，等上七七四十九天，宝藏会自动从地下长出来。

最先去的是善事做得最多的人，他来到先知预定的地点，那里除了漫漫黄沙，什么都没有。一天过去了，喜欢与人交流的他寂寞难耐，开始唱。三天后改为吼，五天后改为叫，十天过去了，他觉得自己的生命快要完蛋了，就离开了沙漠。

第二个人带来许多书信。边等边读信，三天便把信读完了。当他把所有的信读到第五遍时，开始觉得无聊到了极点，便放弃了。

最后一个人坐在那里等着奇迹出现，他穷尽自己

的想象，猜想宝藏从地上生长的模样。他忍耐着，日升月落，他开始回忆自己的人生历程，忆起自己做过的好事心花怒放，忆起做过的错事就痛心疾首，他忘记了时日，当他彻底想明白人生的意义时，大地开裂，宝藏涌出，他获得了一切。

## 笨小孩天使

有几个小孩一心想当天使，于是就求助于上帝。

上帝给他们一人一个烛台，叫他们保持烛台光亮，说只有这样才能成为天使。孩子们很高兴。都仔仔细细地将烛台擦得很干净。

结果几天过去了。上帝一直没有来。几乎所有的小孩都不再擦试烛台。

有一天，上帝突然造访。他们每个人的烛台都蒙上了厚厚的灰尘。只有一个小孩，大家都叫他笨小孩，仅管上帝没来，他每天还在擦拭烛台。于是，也只有这个被别人称为笨小孩的人，达到了上帝的要求，也就成为了天使。

## 挖 路

一个村子里有一座大山，挡住了村口的路。因为没有路，村子里的几代人都没有走出过村子，不知道外面是什么样的。

村子里有一个年轻人，从小就立志要挖出一条路，让村里的人走出大山，去看看外面的世界。为此，他在山上搭了一个茅屋，不分昼夜地挖着。累了，就和衣而卧；饿了，就烤几根玉米棒子来充饥。由于他把全部心

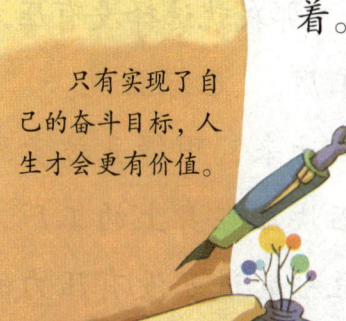

只有实现了自己的奋斗目标，人生才会更有价值。

思都放在修路上,结果三任妻子都离他而去。

村民们纷纷劝说他不要再挖路了,这样下去,他的日子会更苦。但他仍矢志不渝,经过53年漫长的挖掘,道路终于修通了。此时,小伙子已由一位英俊的少年变成了一个满头白发的老者了。

有人问他:"这样做值吗?"

他回答:"一个人一生只要干好一件事,这辈子就没有白过。"

## 两颗绿豆

有两颗绿豆躺在仓库里聊天。"你知道吗?有两个豆芽加工厂,一处是把我们压在巨石下;另一处是直接放在地上,没有任何压力……"

"那我就选择没有压力的加工厂。"乙绿豆说。

后来,甲绿豆被卖到了用石块压在身上的工厂,乙绿豆被卖进了没有压力的工厂。有一天,它们在一个菜摊上相遇了,它们都由绿豆

勇敢地面对压力,它能使你成长得更茁壮。

长成绿豆芽了。

"喂,老弟,你怎么长得又细又黄?"甲绿豆芽问。

"我们的老板把我们往地上一摊,便不管了,我们没有压力,自由自在地生长,就长成了这样。你怎么长得这样健壮?"乙绿豆芽问。

"我们被主人压在一块笨重的巨石下,为了要生长,我们只得加倍努力,艰难地破土而出。"

"哟,受这么大的罪可真不值啊……"乙绿豆芽说。这时,一个来买菜的人说:"这根豆芽又细又黄,肯定是没有经过压力生长的。"说罢,就把它丢到了地上。而甲绿豆芽和它的伙伴们则被这个人买走,用来招待最尊贵的客人。

## 仙人掌

**这**里原是一片丰饶肥沃的土地,树木葱茏,泉水叮咚,许多飞禽走兽都居住在这儿,后来这里的树木被人砍光了。泉水枯竭了,于是,慢慢变成了一片无垠的沙漠。

飞禽走兽都离开了这里,另外去寻找树木丛生和有水源的地方。

花草因受不了炎热和干燥,也慢慢地枯死了。

只是仙人掌留恋这片它们世世代代生长的故土,便固执地留了下来。

可是沙漠里的炎热蒸得它头昏脑胀,干燥的气候使

它焦渴得几乎死去，还有那火球似的太阳晒得它心都焦枯了。火烫得热风使它感到痛苦和窒息……

然而，一个信念支持着它的生命：这片土地是它的故乡，故乡是可爱的，故乡一定会重新繁荣起来，它忍受着一切痛苦，坚韧地生活下去。

有时候，沙漠里也偶尔下一点大雨，但很快就会流失和蒸发。仙人掌拼命吸，最大限度地使身体容纳雨水，于是它的身体便渐渐变成肥肥厚厚的。

灼热的阳光和干风吹焦了它的叶子。为了保存自己的体内宝贵水分，它的叶子渐渐变成了细针形。它适应了沙漠艰苦的环境，终于活下来了。

大雕虽然离开了故土，可是它非常怀恋这片曾经养育生息过它的祖先的土地。不时飞到沙漠上空来盘旋。

一天，大雕惊奇地发现了仙人掌，便问道："你变多了，我几乎认不出来你了！大家都走了，你怎么活下来的？"

仙人掌深情地说："我不愿意离开自己的故乡。"

大雕听了，深有感触，在天空盘旋了一圈，说道："是

啊,我不愿意离开自己的故乡。可是在这儿没有吃的,怎么活下去!"

仙人掌说:"叫大家都回来吧,重新来建设我们的故乡!"

大雕问:"怎样建设,才能恢复我们故乡的繁荣呢?"

"首先要使这里重新生长树木。"

"有了树木,沙漠会变成绿洲。"仙人掌兴奋地说,"叫大家把树的种子衔到沙漠里来,把树苗移植到沙漠里来。我们的故乡一定会变得比以前更美!"

"好!我去告诉大家。"

大雕飞去,把仙人掌顽强地在沙漠中生活的情况对大家一一介绍,又把仙人掌的建议一说,许多动植物都深受感动。

于是鸟儿们用嘴,走兽们用爪,把树木的种子带到沙漠里播下。

不久,沙漠上又降了几阵大雨。树种萌芽了,树苗长成了……

时间一月月、一年年过去了,

绿树又成荫了，泉水又叮叮咚咚地弹起了琴，各色各样的花草遍地盛开。飞禽走兽都迁回来，快乐地在这块土地上生活。

　　大雕展开雄健的翅膀，在这片欢乐的土地上高兴地飞翔，歌唱。它赞美它日夜依恋的故乡恢复了青春，更赞美对故乡倾注了全部的心血的坚韧不拔的仙人掌。

## 竹　节

　　竹一生正正直直，柏越看越钦佩，也越看越觉得奇怪。

　　柏于是问竹："秀竹姑娘，你的身子又瘦又长，肚子里又没有坚实的东西支撑。可为什么总是这样笔直向上呢？"

　　竹坦然笑道："你没有看见我的一串节子么？"

　　柏一看，这才发现：竹从根到梢，桠杈对桠杈，每个骨节

正直的品行是你一生的良师益友。

上,果真都长着一个扎扎实实的节子。

"这么说,你是因为这些节子的支撑才保持了一生的正直?"

"是的,这些节子就是我前进的路标。从我出土的那一天起,我就时刻提醒自己该怎么生长,不该怎么生长。于是我一步步上去,一节节拔高,就像火车沿着铁轨从这个站奔向那个站一样,无论气候怎样变化,始终没有走向歧途。"

##  爷爷松和娃娃松

**高**高的大山头有一座险恶的悬崖,崖顶长着一棵老青松,人称爷爷松。崖底栽着一片小松林,全是青一色的娃娃松。

每天黎明,当红日腾空时,悬崖上彩霞飘飞,娃娃松们看见爷爷松就像一条金色的蛟龙,抛须摆尾地在云海里翻腾,而当风雨袭来时,天空中电闪雷鸣,爷爷松又变得像一头斑斓猛虎,张牙舞爪地在崖头上咆哮,娃娃松越看

越羡慕，恨不得自己也立刻长成那个样子，在云头龙腾虎跃，那该多威风多神气啊。

这天，一只云雀儿从云端降落到娃娃松的身边歇息。

娃娃松对云雀儿说："云雀哥哥，你快飞上崖去给爷爷松捎个信儿。问问有什么办法，也让我们长得像它那样如龙似虎地神奇。"

云雀儿扑棱棱地飞上崖头去捎信儿了。可是没多久，它就急急地飞了回来。苦蔫蔫地望着大家，老半天也没开口说话。

娃娃松们急了："怎么啦？爷爷松到底说了些什么呀？"

云雀儿抹着眼泪说："松爷爷哭啦！"

"哭啦？"娃娃松们惊讶极了，"松爷爷干嘛要哭呢？"

"唉，它是哭你们学它那模样啊。它说，它那模样儿全是苦难和辛酸的岁月扭曲出来

的怪相嘛，哪好让娃娃们去学噢。"

娃娃松们谁也不敢相信：爷爷松长得那样风光那样气派，怎么说是怪相，怎么还会哭呢？准是老人家不肯传授绝招儿，故意装模作样来骗我们的吧。

"不，不！"云雀儿说，"你们没有看清楚，松爷爷根本不像一条龙，更不像一只虎。它的背脊弯曲得就象一张弓，脖子扭曲得就像一条蛇。它全身上下到处是深深的裂口和长长的伤疤。它完完全全是一株歪脖子驼背松啊。"

娃娃松们个个惊呆了："那……那是为什么呢？"

"因为松爷爷是从岩缝中被挤逼出来的呀！"云雀儿说，"它的脚下没有泥土，面前是幽暗的深谷，背后是阴冷的绝壁。为了求生存，它日日夜夜都在悬崖上与狂风暴雨、飞雪浓雾、惊雷闪电抗争，这才被扭曲成那副怪模样啊！"

娃娃松们谁也没有再说话。它们都在心里问自己：那我们应该学习松爷爷什么呢？我们享受着阳光的温暖，雨露的滋润，大地的哺育。是能够好好生长的。难道还要再长成一副歪脖驼背的怪相吗？

从这一天起，娃娃松们全都齐刷刷地昂起头来，挺直腰杆向上生长，它们立志要长成一棵棵正直、坚强、秀美的参天大树。

##  岩缝里的小草

岩石长年累月地经受风侵雨蚀，裂开了一道缝。一棵草的种子落到了岩缝里了。

岩石说："孩子，你怎么到这里来了？我们这里太贫瘠了。养不活你啊！"

种子说："老妈妈，别担心，我会长得很好的。"

经过阵阵春雨的滋润，种子从岩缝里冒了嫩芽。

阳光爱抚地照耀着它，春风柔和地轻拂着它，雨露更不断地给予这不平凡的幼芽以最慈爱的关注和哺育。

小草渐渐生长了。长得很健康、很结实。

岩石高兴地说："孩子，不错，你是倔强的，值得我们骄傲的！"它用自己风化了的尘泥，把小草的根拥抱得更紧。

一个诗人走过，看见了从岩缝里长出来的小草。不禁欣喜地吟咏道："呵！小草的生命多么顽强，我要千百遍赞美它！"

小草谦逊地说："值得赞美的不是我，而是阳光和雨露，还有紧抱着我的根的岩石妈妈。"

##  平凡的爬山虎

春天的花园里，爬山虎刚刚生长出鲜亮的嫩苗，浅薄的桃花就尖刻地批评说："喂！你没有绝色迷人的仪表，怎么配生活在这游人如织的名园呢？还是知趣点儿走开吧！"

爬山虎毫不气馁，继续顽强地伸展着自己嫩绿的枝条。

夏天到了，爬山虎星星点点地绽开黄绿色的小花，名贵的牡丹不以为然地说："只有这样稀疏的几

不要羞愧于自己的平凡，只要能发挥价值，人生就有意义。

朵花，能有什么作为？"

可是，爬山虎并没有灰心，它顽强地爬满花园里的一个个凉亭，给凉亭悬挂上飘逸的帘栊。看到游人们享受着自己奉献的绿荫，爬山虎露出了喜悦的笑容。

一个游人颇有感触地说："朋友，不要羞愧于自身的平凡，不要畏惧世俗的冷眼，只要懂得如何更好地为社会服务，你的成功就在眼前了。"

##  渴望成长的雏鸡

抱窝的母鸡孵出了一窝小雏鸡，可是不知道该怎样保护它们，于是它对小鸡说："你们再钻进蛋壳去。你们钻进蛋壳以后，我就能像从前那样坐在蛋上来保护你们了。"

小雏鸡听了，就往蛋壳里钻。可是怎么也钻不进去，

只是白白地碰伤了自己的翅膀。

这时,一只小雏鸡对母鸡说:"如果让我们永远呆在蛋壳里,那你干脆别把我们孵出来好了!"

## 大树下的树芽

刚一开春,许多树种为了得到大树的庇护,争先恐后挤到根的四周。过了一段时间,大树下便长出一簇簇嫩树芽。

树芽们高兴地向远处眺望,只见旷野里有数不清的黑粗的小树苗,它们没有大树的庇护,随时都有可能被风吹倒。

树芽们无比得意地呼喊起来:"喂,傻家伙!你们怎么不晓得大树底下好乘凉这个道理呢?还是向我们靠拢吧!"

树苗们纷纷摇头回答道:"不,没有独立的品格是不

能成为大树的。我们这样生活是为了未来能长得更茁壮。"

树芽们听了,尖刻地说:"活该受罪!用不了几天,太阳会把你们晒死!狂风会把你们刮跑!暴雨会把你们摧垮!"

只有经历风雨,才能茁壮成长。

可是,和这一预言相反,小树苗们越长越茁壮,而那些树芽却像豆芽菜似的长得又细又长,最后统统夭折了。

## 树和泥土

树的种子落在泥里,发了芽,很快就长大了。不到二十年,它成为一棵树叶繁茂的大树了。

走过这里的人,都称赞树的雄伟。于是树变得十分骄傲,周围一切都不在它眼中了。它只看到自己的"伟大"。

后来，经过一场非常猛烈的暴风雨，大树看到周围的草木，有的被折断了，有的被刮走了，而它只被吹掉了几片树叶。这时，它又听见小鸟和松鼠对它的赞颂："幸亏我们得到这棵大树的的保护，不然的话，我们在这次暴风雨中，一定死掉了。"于是大树更觉得自己不可一世。它得意洋洋地说："啊！世界上只有我最伟大！"

忽然，它听见一个来自脚下的声音："闭嘴，你这个狂妄自大的家伙！"

大树吃惊地问："你是谁呀？"

"我是泥土"。

大树笑道："哈哈，泥土，我还以为是什么了不起的东西哩。"

泥土说："忘本的东西，是我用乳汁养大了你，而你竟如此狂妄自大。你的根扎在我的身上，我把你抱得越紧，你的根才扎得越深，所以狂风暴雨无法吹到你、折断你。假如你离开了我，你还有什么可瞧的呢。"

# 园丁与种子

**春**天到了,园丁听到两粒种子躺在土壤里聊天。

第一粒种子说:"我要努力拱出地面,并且将根深深地扎入土壤。我要让自己在大自然中迎风摇摆,大声歌唱生命的高贵。虽然最终我会在秋天枯萎,但我的一生将活得很充实。"

第二粒种子说:"我没你那么勇敢,如果我用力向地面上钻,这会伤到我脆弱的茎心;如果我向土壤里深深扎根,可能会碰到坚硬的石头;如果幼芽长出,会被昆虫吃掉;我若开花结果,只怕小孩子会将我连根拔起。

我看我还是呆在土壤里面最安全。"

园丁听完两粒种子的对话后,对第一粒种子充满信心,他辛勤护理,使其茁壮成长;对第二粒种子却失去了信心,疏于管理,最后第二粒种子刚露出地面就逐渐枯萎了。

> 人生的道路上有许多困难,只有勇敢地克服困难,胜利才会向你招手。

# 四季豆的叹息

盛夏时节,庭院里满院芬芳。

有一株四季豆的藤蔓已经两丈多长了。顺着藤蔓,它的花蕾也一簇簇悄悄地开放了。白色的花上长着两片淡紫色的花瓣,不算美丽,也不芳香,很少把蜜蜂或蝴蝶招来。

四季豆看了看院里的月季花,失望地叹息一声:"唉,我怎么能和人家相比呢，我如此平凡，能有什么出息呢？"

这时，正在纳凉的农夫听见了四季豆的叹息，他安慰它说："不要灰心，继续努力，能结出果实那才是成功呢！我们期待着你！"

四季豆感激地点点头，它又开始奋斗了。没几天，长长的藤蔓上垂下许多半尺多长的豆荚，又青又嫩，着实让人喜爱，因而受到大家的赞赏。

四季豆高兴极了，此刻它才品味出：只要你肯努力奋斗和勇于奉献，一切都将变得美好起来。

## 老人和小鸟

一位老人十分喜爱他笼中的小鸟。一天，小鸟要求到蓝天里去闯荡，决心创造一份非凡的事业。老人恋恋不舍地答应了，他打开笼门。向小鸟祝贺说："我了解你，相信在你的翅膀下会有万里前程的。"

说着，他把鸟笼系在小鸟的翅膀上，又添上几把金黄的小米。深情地嘱咐着:"带上吧,我的小鸟,这些东西路上用得着,会使你想起我们之间的友谊。至于你,只送给我一根羽毛留做纪念就可以。"

小鸟伤心地摇了摇头,又钻进了鸟笼。老人奇怪地问它怎么改变了念头,小鸟说:"您的厚爱,使我失去了前程。"

## 枣红马

和妈妈一道生活的枣红马渐渐懂事了。这天,马妈妈见邻居家的小马驹被伯乐相中成了千里马,便问道:"孩子,你也能成为千里马吗?"

"妈妈,人家爸爸是千里马,有背景。我呢,全家人跟千里马没一点关系,哪有机会啊?"

"是吗?"妈妈听后,思索了一会儿,然后点了点头。

第二天,妈妈带着枣红马,到草原上练习跑步。坚持了一段时间后,它又领着枣红马来到条件恶劣的荒郊、沙滩,接着又来到崎岖的山道。不管是炎炎酷暑,还是三九寒冬,它们都坚持天天锻炼。

> 机会只垂青那些刻苦努力的人,只要努力,就一定有机会。

三年后的一天,枣红马参加了草原的赛马大会。比赛中,枣红马用风驰电掣般的速度,战胜了邻家的千里马,一路遥遥领先,获得了冠军。

妈妈见枣红马捧着冠军奖杯回家,兴奋地问道:"孩子,你现在觉得有机会了吗?"

"妈妈,我知道了,努力了就会有机会。"枣红马笑着答道。

# 两块石头

**深**山里有两块石头,第一块石头对第二块石头说:"去经一经路途的艰险坎坷和世事的磕磕碰碰吧,这样才不枉来此世一遭。"

"不,何苦呢。"第二块石头嗤之以鼻,"谁会那么愚

不畏惧坎坷和磨难，才能成就壮美的人生。

蠢地在享乐和磨难之间选择后者。"

于是，第一块石头随山溪滚涌而下，历尽了风雨和大自然的磨难；第二块石头则继续在高山上享受着安逸。

许多年以后，饱经风霜的第一块石头已经成为世间珍品，被千万人赞美称颂。第二块石头知道后，有些后悔当初，现在它想投入世间风尘的洗礼中，可是一想到经历那么多的坎坷和磨难，便又退缩了。

一天，人们准备为第一块石头修建一座博物馆，建造材料全部用石头。于是，他们来到高山上，将第二块石头粉碎,给第一块石头盖起了房子。

## 小钟学走

钟表店里,一只新组装好的小钟放在了两只旧钟当中。两只旧钟"滴答""滴答"一分一秒地走着。

其中一只旧钟对小钟说:"来吧,你也该工作了。可是,我有点担心,你走完三千二百万次以后,恐怕便吃不消了。"

"天哪!三千二百万次。"小钟吃惊不已,"要我做这么大的事?办不到,办不到。"

另一只旧钟说:"别听它胡说八道。不用害怕,你只要每秒滴答摆一下就行了。"

"天下哪有这样简单的事情?"小钟将信将疑,"如果这样,我就试试吧。"

小钟很轻松地每秒钟"滴答"摆一下,不知不觉中,一年过去了,它摆了三千二百万次。

##  命运女神的礼品

**主**宰命运的女神有一个宝匣,匣里装着许多神奇的礼品。女神用它来馈赠人间每个应该得到它的人。

有个青年人知道了这一秘密。他跑到女神面前乞求说:"请赐给我一件礼品吧,我的生命迫切需要得到它啊!"

女神微笑着打开宝匣,她用慈爱的目光注视着青年人说:"小心点,你仔细挑选吧。"

青年人在众多眼花缭乱的礼品中,独独挑走了名誉。

女神皱起眉头:"你为什么要得到这本来不该属于你的东西呢?"

青年人说:"因为它会给我带来幸运。使我的一切如愿以偿,我的生命将会过得像天堂的美梦一般。"

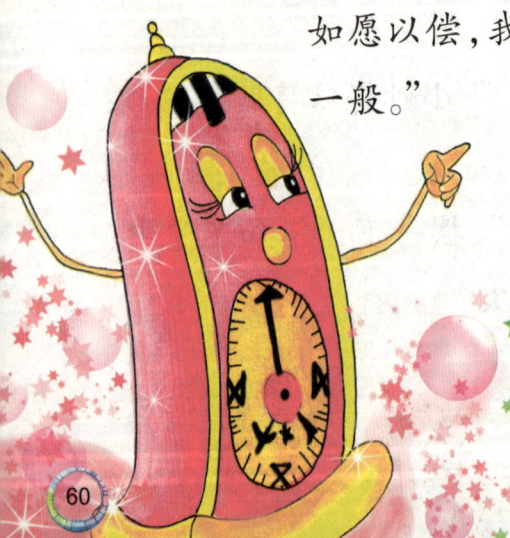
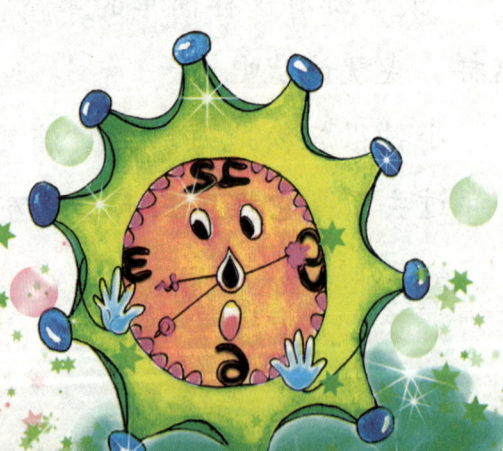

女神叹息一声,什么也没说。她让青年人取走了名誉。

从此,这个青年人很快被鲜花和掌声包围起来。种种聘书和通知也接踵而至。但是,每一次的荣誉到头来都把他弄得狼狈不堪,以致终日心惊肉跳,害怕着各种各样的使自己出丑受辱的纠缠。他吃不下饭,睡不着觉。一天天憔悴下去。最后,只好又跑来乞求命运女神。

"现在我唯一的希望,是求您收回给我的礼物了!"他跪下来哭泣道,"我明白了,这不该属于我的东西惩罚了我,它夺走了我的快乐,把我推入了痛苦的深渊。徒具虚名带给我的只是加倍的不幸啊!"

女神依然微笑着,慈爱地望着他说道:"那么,是生活把你教聪明了?好吧,你需要什么?我让你再挑选一次。"

青年人没有再

挑选什么。他默默地站起身，逃命似的跑走了。

许多许多年过去，青年再没有去找命运女神。他用学习来弥补流失的光阴，用工作来修复被虚假名誉嘲弄的痛苦。一月月一年年地奋斗着。成了一个不知辛苦和疲劳的人。一天夜里，他突然听到有人叩门。命运女神捧着那装有名誉的生命宝匣出现在他面前。

女神说："可敬的人。现在我给您送来该属于您的真正荣誉了。"

"不，不！我不能接受您的馈赠。"他拒绝说："属于我的东西我没有得到，这对我恰恰是一种鞭策，一种激励。它付给我的将是加倍的幸运！"

女神又笑了。她笑得很甜美，很迷人。

# 江和河的对话

江和河在入海口相遇了,热烈地畅谈起各自的经历。

河说:"我浅流清波,春风得意,顺利地到达这里。老天保佑,你看,我依然这样年轻漂亮!"

江说:"我却不然,一路坎坷跌宕,两岸有峭壁夹击,河床有险滩拦阻,过了虎跳峡,前面还有鬼门关……为了汇入大海,我几乎拼尽一生的气血。"

河慷慨地表示:"那么,当再次开始我们的江河生涯时,就请你加入我的河道吧,保证你无需做任何苦役,就能游戏般到达大海。"

江笑了,豪迈地告诉它:"你以为我在诉苦吗?你以为我想逃避这些?不,正是那无尽无休的苦难和奋斗,才编织了我灿烂的人生。我穿越过峡谷,击溃过礁石,航行过船队,迸发过电力,灌溉过田园……如果没有这些生活,白白地流淌,即便能够汇入大海，又有什么意义呢？我会为此终生感到羞愧。"

## 主人与金翅雀

金翅雀对主人说："主人，为什么你要把我锁在笼子里？为什么不让我在花园里飞翔，不让我在枝头欢跃？你要知道，对于歌声嘹亮的歌手来说，铁笼子虽然舒适却过于狭小了！"

主人说："一旦放你出去，你就会只剩下两只爪子和一堆羽毛！你要知道，锁住你正是为了保护你，不受猫的骚扰！"

金翅雀说："既然你这样爱护我，就放我出去，把猫锁在笼子里，岂不更好！"

## 农人骑马

从前，有个乡下人到城里赶集，看到城里人骑着马来来往往，非常羡慕，也想骑马试试。但他自己没有马，而且也没有地方能够弄到马。他回到家里和朋友说起这件事情的时候,脸上露出了遗憾的神情。

朋友非常同情他,就和他一同来到城里,找人租了一匹马让他骑。他便骑上马出了城,走在田间的小路上,心里非常高兴。可是那马一见到郊外一望无际的青草,突然变得兴奋起来,嘶叫着奔跑起来。这个乡下人吓得抱着马鞍惊叫起来,一下子被重重地摔到了地上。马从他的身上一跃而过,差点踏在他身上把他踩死。

这个乡下人回到家后,感慨万千地对儿子说:"千万不要骑马,马是我们这个家族的大忌,你一定要铭记在心啊。"

于是,他从一个极端走到了另一个极端。希望这个故事能给你一些启示。

# 三个人和一只蜘蛛

雨后,一只蜘蛛艰难地向墙上已经支离破碎的网爬去,由于墙壁湿滑,它爬到一定的高度,就会掉下来,它一次次地向上爬,一次次地掉下来……

第一个人看到了,他叹了一口气,自言自语:"我的一生不正如这只蜘

蛛吗？忙忙碌碌而无所得。"于是，他日渐消沉。

第二个人看到了，他说："这只蜘蛛真是愚蠢，为什么不从旁边干燥的地方绕一下爬上去？我以后可不能像它那样愚蠢。"于是，他变得聪明起来。

第三个人看到了，他立刻被蜘蛛屡败屡战的精神感动了。于是，他变得坚强起来。

##  乌龟与螃蟹

乌龟因行动缓慢，常常受到动物们的奚落。一天，乌龟正在叹息时，遇到了一只年老的螃蟹。老螃蟹见乌龟无精打采的，

便关切地上前询问原因。

乌龟伤心地说:"就因为我行动迟缓,每次与兔子赛跑时,都被它甩在后面,现在,只要它一见到我就嘲笑我。"

"孩子,别太在意兔子的嘲笑。我相信你,相信你总有一天能战胜兔子。"老螃蟹说。

乌龟相信了老螃蟹的话,从此以后,它卸掉了思想上的包袱。在后来的一次尽人皆知的比赛中,骄傲的兔子因大意败给了乌龟。

当大家为乌龟祝贺时,乌龟把老螃蟹请到了领奖台上,并把奖牌挂在了老螃蟹的脖子上,说:"诸位,我现在把奖牌送给螃蟹先生,如

给别人一点鼓励,也许会改变他的一生。

果没有它的鼓励,就没有我的今天!在此,我向螃蟹先生表示深深的谢意!"说完,乌龟深深地向螃蟹鞠了一躬。

## 兔子一家进餐厅

有一天,兔子一家来到餐厅就餐,服务员猩猩把菜单递给了兔爸爸。"谢谢,请给我女儿来一份儿你们的特色菜就行了。"兔爸爸说。

斑马经理观察了它们一会儿,发现这对父母在孩子吃饭时,认真地教小兔子礼节。于是,它亲自端着两杯咖啡来到兔子一家的餐桌旁。

"先生,这是给你们的咖啡。"

"可是,我们没点啊。"兔爸爸站起来,礼貌地拒绝道。

"不,是我们餐厅送给你们夫妇两人的。"接着,斑马经理和兔子夫妇聊了起来,终于了解了

它们为什么只点了一份儿菜。

兔爸爸说:"我们的经济状况不是很好,但我们对孩子有信心,因为在贫困中长大的孩子会有不凡的成就。我们希望能早教会它用餐的礼仪;更重要的是,我们要让孩子在成长过程中,永远懂得自重也能尊重他人。"

# 学习游泳

小兔子被送进了动物学校,它最喜欢跑步课,并且总是得第一;最不喜欢的则是游泳课,一上游泳课它就非常痛苦。但是兔爸爸和兔妈妈要求小兔子在成长过程当中什么都要学,不允许它有所放弃。小兔子只好每天垂头丧气地到学校上学,教师问它是不是在为游泳太差而烦恼,小兔子点点头,盼望得到教师的帮助。教师说:"其

实这个问题很好解决,你的跑步是强项,但是游泳是弱项,这样好了,你以后不用上跑步课了,可以专心练习游泳。"

## 小白兔与刺猬

大森林里住着小白兔兄弟俩。在那儿,它们常常遭到毒蛇的袭击,提心吊胆地过日子。一天夜里,毒蛇把兔哥哥咬死了,兔弟弟恐惧万分,巴不得立即离开这个可怕的地方,跑到没有毒蛇的天国花园里去。于是,它撒开四条飞毛腿,摸着黑没命地跑着。

兔弟弟还没跑多远,迎面就碰上了一群刺猬。刺猬对它说:"天这么黑,明天早上再赶路吧!我们都是有名的捕蛇能手,一提到我们的名字,毒蛇就吓得发抖啦。你就在这儿过夜吧,我们保护你!"说罢,刺猬们便竖起尖刺,把小白兔团团围了起来。

这一夜,毒蛇真的不敢再来伤害

小白兔啦。然而,这一夜兔弟弟却并不怎么好过,刺猬们不是这个碰它一下,就是那个挨着了它,尖刺折磨得它整夜也没有合过眼。尽管如此,兔弟弟还是觉得能保住性命,幸运得很。因此,当第二天早上刺猬们催它登程时,它便说:

"有了你们的保护,这里就成了安全太平的小天国啦。虽然我受一点皮肉之苦,可这又有什么要紧呀,比起丧命于蛇口不知要好多少万倍哇,我还要到哪儿去呢?天国花园好是好,可惜太远了,天晓得我能不能跑到那里去?说不定在半路上又遇着了毒蛇,像哥哥那样惨死哩。我再也不走啦!"

兔弟弟真的没有离开这儿半步,就这样在尖刺丛中苦苦地度过了它的一生。

#  泥塑烤鸡

从前,有个泥塑巧匠,他有一双"神"手,塑出来的飞禽会飞,走兽会走,全都变成了真的。

一天,一个懒汉来找他,要他做一盘烤肥鸡吃。他立即弄来一堆干黏土,叫懒汉把自己的汗水挤出来和泥。懒汉皱着眉头说:"我从来也不肯出一滴汗哩!"

巧匠说:"那就用我的汗水吧!"说着,便在身上挤出一盆汗水,将干黏土揉成泥团,然后动手塑起来。捏呀捏呀,不一会儿,两只冒着热气、又香又肥的大烤鸡就在大食盆中出现了。

懒汉一见,连忙一手抓起一只,像饿狼一样咬起来。但他刚咬了一口,就吐了出来,苦着脸说:"怎么这味道跟泥土的味道一样?"

"不好吃?"巧匠拿过烤鸡,津津有味地吃着,嚼边赞美说,"很香,很香!"

"为什么你吃起来那么香,我吃却难以入口呢?"懒汉不解地问。

"道理很简单!"巧匠笑道,"因为里面全是我的汗水,而你的汗水一滴也没有。"

 ## 猎狗与兔子

一条猎狗将兔子赶出了窝,一直追赶它,追了很久仍没有捉到。

牧羊犬看到此种情景,讥笑猎狗说:"你们两个之间,小的反而跑得快得多。"

猎狗回答说:"你不知道我们两个跑的目的是完全不同的!我仅仅为了一顿饭而跑,它却是为了性命而跑呀!"

这话被猎人听到了,猎人想:"猎狗说得对啊,那我要想得到更多的猎物,得想个好法子。"

于是,猎人又买来几条猎狗,凡是能够在打猎中捉到兔子的,就可以得到几根骨头,捉不到的就没有饭吃。这一招果然有用,猎狗们纷纷去努力追兔子,因为谁都不愿意看着别人有骨头吃,自己没的吃。

## 骆驼大爷的水桶

一队骆驼在沙漠中跋涉了好多天,都觉得口干舌燥。这时候,领队的骆驼大爷从背上解下一只水桶,对大家说:"只剩这一桶水了,我们要等到最后一刻再喝。"

骆驼队继续艰难的行程,那桶水成了它们唯一的希望。有一头骆驼实在支撑不住了,"大爷,让我喝口水吧。""不行,这水要等到最艰难的时候才能喝。"骆驼大爷生气地说。就这样,骆驼大爷坚决地回绝着一头头想喝水的骆驼。

在一个黄昏,骆驼们发现骆驼大爷不见了,沙地上写着一行字:我不行

了，你们带上这桶水走吧，要记住在走出沙漠之前，谁也不能喝这桶水。每只骆驼都抑制着内心巨大的悲痛出发了，那只水桶在每头骆驼之间依次传递着，但谁也不舍得打开喝一口。

终于，骆驼们一步步挣脱了死亡线，顽强地穿越了茫茫沙漠。它们突然想到了骆驼大爹留下的那桶水，打开桶盖，慢慢流出的却是一桶沙子。

## 四个王子

有一天，阿拉比国王将四个王子召集到一起，对他们说："我打算将国都迁往卡伦。卡伦离这里有多远，没有人知道。我决定让你们四个分头前往探路。"四个王子服从了命令。

大王子乘车走了八天，他一问当地人，才知道到卡伦还要过沼泽、大河、雪山……便打马往回走。二王子策马穿过一片沼泽后,被一条大江挡住了去路,他也掉转了马头。三王子漂过了两条大河,走进了一片无际的大漠,他便开始寻找回来的路。

一个月后,三个王子陆陆续续回到国王身边,都告诉他去卡伦的路很远。又过了六天,小王子也回来了,他兴奋地报告父亲,到卡伦只需十八天。国王满意地笑了:"孩子,你说得很对,其实我早就去过卡伦。"

几个王子不解地望着国王,"那为什么还要派我们去探路?"国王一脸郑重地回答:"我只想告诉你们四个字——脚比路长。"

## 修树人

南山脚下住着一个老头,很会种树。有一年,他在门前的大路旁栽了一排小杨树。

春天,小杨树萌芽抽叶了。老头便带了刀剪,走来给小杨树修剪,他一株株细心察看,发现有树干弯曲、枝叉横生或者遭受虫害的,就毫不留情地把它截去了。

如此,小杨树们受不了啦。它们"痛呀"、"痛呀"地叫着,伤心地流下眼泪。

"老爸爸,"小杨树们埋怨说,"我们是国家栋梁之材啊,将来个个都要在建筑上派大用场的,你为什么要这样折磨我们,不让我们自由生长呢?"

"孩子,"老头抚摸着小杨树答道,"栋梁的标准首先是正直。要是你们害怕修剪,放任自由,将来就要长成'抱母鸡树'。又怎能担负起建筑的大任呢?"

## 一只小老虎

有一只小老虎时时都想干出一番大事业,但它整天游手好闲。有一天,小老虎闲逛到老山羊家,老山羊见它成天不做事,忍不住就教训了它几句。小老虎说:"我不是不想干事,而是想干大事,因为我要出人头地。"

老山羊带着小老虎来到花

园里,从口袋里拿出一包种子说:"这是九月菊的种子,现在你想个办法让它们早点开花,并让它们的花朵鲜艳夺目吧。"

"这还不简单么?咱们把它埋进土里,它就会生根发芽,在秋天开出美丽的花朵。"

"你这样做不是埋没了它们?"老山羊笑着问。

"可是,如果不经过埋没阶段,它们怎么可能破土而出呢?"

"孩子,看来你早就知道出人头地的方法了呀。"

"我明白了。"小老虎若有所悟地说。

# 升华的小河

一条小河经历了重重阻挠,绕过高山与岩石,穿过森林和田野,仍旧一路奔腾,畅行无阻。最后,它来到了沙漠。

它想:"前面那么多困难都克服了,这次也应该能成功吧!"可是,它的努力一次次都白费了。许多水都渗到泥沙中,迂回不前。

河流叹息说:"我最拿手的本事也不管用了。看来我注定平庸,永远也到不了大海。"

微风过来安慰它说:"我可以穿越沙漠,你也可以的,不过你要尝试着改变一下你自己……"

"改变自己,升华自己!"河流默默地念着。"可是我从来没有这样做过啊!我能做到吗?如果不行,那我岂不是自我毁灭了吗?"

"你这样想只是因为你从来就没有认识到自己还有巨大的潜能,没有认清你自己的本质,你可以的!"微风

尝试着改变自己,一定会有所收获。

鼓励它说。

　　小河鼓起勇气，对自己说："改变自己，升华自己！"于是，它投入了微风的怀抱，化做轻盈的水汽。第二天，它又化做了雨滴，终于融入了浩淼的大海。

##  口渴的驴子

　　驴子到池塘边去饮水，一群鸭子正在水里拍翅追逐，把一塘清澈的水都搅浑了。尽管驴子渴得要命，可是它依然耐心地等待。

　　池塘渐渐安静下来，鸭子都上岸回家了。驴子走到水边一看，水还是浑的，它失望地从池塘边走开了。

　　驴子的举动让小青蛙看在眼里，它好奇地问青蛙妈妈："妈妈，你看那头驴子多奇怪啊。它两次来到池塘边，可是每次都是一口水不喝就离开了。"

"驴子有这样的习惯：它宁愿渴死，也不去碰一池脏水。"青蛙妈妈解释说："它会耐心地等到塘水澄清了才会饮用。"

"唉，多么固执啊！"

"不，与其说它固执，不如说它有耐心。"青蛙妈妈说："孩子，你要记住：凡是指责驴子固执的人，本身就缺乏坚毅和忍耐的精神品质。"

# 老马训子

有一天，一匹小马闲来无事，跑到河边去玩儿。一会儿，它看见河面冒出一只鹭鸶，频频地摇着头甩水。

小马觉得挺好玩，就学着鹭鸶的样子，摇头晃脑地玩起来。

老马赶紧走过来，制止小马说："孩子，千万别玩摇头啊！这是马的恶癖，玩惯了就会毁掉一生的！"

小马很奇怪，问道："玩玩摇头有什么要紧的，您怎

么知道就会毁掉一生呢?"

老马说:"如果你今天玩起摇头,明天就会玩上瘾,而后天你就身不由己了。时间长了,你的身躯也会跟着摇晃起来。摇到最后,你的肢蹄全变了形,成为一匹瘸马,既不能奔跑,又不能干活,你这一生不就毁了么?"

小马听了连连点头,哒哒哒跑回了家,从此再不敢玩摇头了。

##  狮子和羚羊的家教

每天,当太阳升起的时候,非洲大草原上的动物们就开始奔跑了。

狮子妈妈在教育自己的孩子:"孩子,你必须跑得再快一点,再快一点,你要是跑不

过最慢的羚羊,你就会活活地饿死。"

在另外一个场地上,羚羊妈妈也在教育自己的孩子:"孩子,你必须跑得再快一点,再快一点,如果你不能比跑得最快的狮子还要快,那你就肯定会被它们吃掉。"

## 臂　力

一个年轻力壮的士兵在军营里劈柴。他碰上了一个又粗又大的木头墩子,他抡起大斧劈下去,却连一条缝儿也没留下。他拼命地劈,还是没能劈开来,反而把斧头震掉了。

汗流浃背的士兵喘着粗气,两条腿直发抖,累得一点力气也没有了。就在这时,他突然听到班长的命令:"一一三出列!"

士兵一跃而起。

班长威严地站在他面前,指着木头墩子吼道:"部队被敌人包围了,我命令你,火速劈开这个路障,抢占前头的高地!"

生死鏖战关头,士兵热血沸腾。他又高高地挥起斧头,一斧紧接一斧,就像闪电劈雷似的,那像铁一样硬的木头墩子竟然从中间裂开了。

士兵惊奇地说:"没想到我还有这么大的臂力啊!"

"应该说是潜力。"班长纠正说,"我们太需要把自己推上绝境,将潜力激发出来了。"班长笑着走开了。

士兵愣愣地

站在那里。

## 孪生兄弟

有个父亲有一对性格迥异的孪生儿子。其中一个过分乐观,而另一个则过分悲观。这个父亲就想改造这对孪生兄弟。

于是有一天,父亲买了许多外观美丽、色泽鲜艳的新玩具给悲观的那个孩子,又把乐观孩子送进了一间堆满马粪的车房里。

第二天清晨,父亲看到悲观孩子正泣不成声,便问:"为什么不玩那些玩具呢?"

"玩了就会坏的。"孩子仍在哭泣。

父亲叹了口气,走进车房,却发现那乐观孩子正兴高采烈地在马粪里掏着什么。

"告诉你,爸爸。"那孩子得意洋洋地向父亲宣称,"我想马粪堆里一定还藏着一匹小马呢!"

# 回　家

有那么一个人,在荒野上迷失了方向,最后他看见一间茅草屋,那里住着一个老人,他向老人问路,说:"老爹爹,这里完全没有路;但是,还是请您告诉我吧,哪一条是我能够回到我亲爱的家乡去的路呀?我的家乡是在日出的那一边,那就是说:东边。"

"那么,你问的就是那一边啦!"老人向东边一指,眼睛看着他,诚恳地说。然后又提高了声音,用慈爱的口气嘱咐道:"你从这儿大胆地向前走吧。我的青年人,这是一条大路呵!"

这个人就照老人的指示,朝东走,但他走的,哪里是路呀,更不用说是大路了。开头他

就被荆棘撕破了衣裤，刺出了血来，接着又淹没在一人多高的茅草丛里，被刀一般的茅草叶划得差不多体无完肤。而且马上又被泥沼拦住了，简直渡不过去。于是，好容易通过了泥沼，但迎面的又是一片看不见尽头的乱石堆，那恐怕连一只野兽都很难跳跃过去呢！但这个人，回乡心切，他就只有一个意志：要走通这条路。他不怕两手刺伤，只是拼命地折断荆棘、拔除茅草；他也不怕十个指头挖秃。只是挖着干泥，捧着去填泥沼；他又不停地搬移乱石，把它们放在两旁去。这样，经过了好多天，他终于望见他的家乡了。这就是说，他开辟了他回家乡的一条路了。那时他是多么狂喜啊，不由得不回过头去向后面呆望了一会儿，感激地说道："哪，真的是一条大路呵！那个老爹爹的话可真是一点也不假呀！"

# 老马的嘱咐

一匹小马就要应征去前方打仗了。临走前,老马嘱咐它说:"到了战场上,什么也不要怕。敌人的那些战马没有一个高强的,你一定要勇往直前啊!"小马记下了妈妈的话,到了前线,它果然勇猛顽强,立了大功。

有一次,小马要去参加一个赛马会。临走前,老马又嘱咐它说:"到了赛场上,一定要处处慎重,那些参赛的选手个个都是高手,你可不能大意啊!"小马又记下了妈妈的话,到了赛场,它果然谦虚谨慎、不骄不躁,最终夺得了桂冠。

回来以后,小马问妈妈:"上次我去前线您嘱咐我要勇敢;这次我去比赛,您又告诉我要谨慎,这是为什么呢?"老马

说:"当你初次上阵时,有些胆怯,我当然嘱咐你要勇敢;而当你已取得成绩,有些志得意满的时候,我自然告诉你要谨慎。这样,你才能立于不败之地啊!"

## 乔木和灌木

在远古时代,有两片树林。这些树木都自然地生长,树干生树枝,树枝又生树杈,年复一年地生枝长杈,枝搭着杈,杈压着枝,枝枝杈杈交织在一起,树干又细又矮,枝杈稠密,树叶密密麻麻,遮天蔽日。

有个栽培技术高明的老爷爷看了,说:"唉,这样任其长下去,还成什么?不成材,不成料,只能砍下当柴烧。需要整枝剪杈,修理修理才行。"

于是这位老爷爷走到一片树林里,手脚麻利地整了整枝,剪了剪杈。他修理这棵,又修理那棵。老爷爷越修剪,小树就越挺胸昂首。它们高兴地对老爷爷说:"你尽情地修剪吧,我们不怕疼。"

经老爷爷修剪过的小树棵棵长壮了，长高了。

老爷爷这样不分好天气和坏天气，修呀，剪呀，历尽千辛万苦，流了不少汗，才把这片树林修整完。

老爷爷走到另一片树林里，他挥动剪刀刚要动手，可是这些小树又是摇头又是摆手，异口同声地拒绝说："我们不剪枝，我们不打杈，剪枝打杈伤筋动骨。疼得我们死去活来，真是自找罪受，我们不干这种傻事。"

老爷爷劝说道："修枝打杈疼是疼点，这怕什么？一咬牙就顶过去了。你们可要知道，修整完枝杈，那就能痛痛快快地长啦！"

老爷爷一边说，一边想动手剪，冷不防被一棵小树一巴掌打在眼上，扎破眼珠，血都流出来了，眼睛什么也看不见了，变成了瞎子。

于是，老爷爷忍痛摸回已修整完的那片树林里。因他的眼睛看不见了，只能摸摸这些小树，这些小树长啊，长啊，一个个都长成高大的乔木。它们去架桥、去建楼、去铺轨……老爷爷一想到这些，虽看不见，但也笑在脸上，喜在心里。

拒绝修枝打杈的那片树林，后来

因其任意滋长,个个腰越来越粗,肚子越来越大,可是身子越长越矮。头和身子都分不出来了。结果,它们都长成了枝枝杈杈,不成材不成料。成为只能当柴烧的灌木了。

## 身后的狼

一位名不见经传的年轻人第一次参加马拉松比赛就获得了冠军。获奖后,记者问他:"你是如何取得这样好的成绩的?"

年轻人说:"因为我的身后有一只狼。"迎着记者惊讶的目光,他继续说:"三年前,我开始练长跑。每天凌晨两三点钟,教练就让我起床,在山岭间训练,可是我的进步却一直不快。"

"有一天清晨,我在训练的途中,忽然听见身后传来狼的叫声。我不敢回头,没命地跑着,结果那天我训练的成绩好极了。后来教练问我原因,我说我听见了狼的叫声。教练意味深长地说:'原来不是你不行,而是你身后缺少了一只狼。'我这才知道,那天清晨我听见的狼叫,是教练装

出来的。"

"从那以后,每次训练时,我都想象着身后有一只狼,成绩突飞猛进。今天,当我参加这场比赛时,我依然想象我的身后有一只狼,所以我成功了。"

## 长成一座山

有一块石头在深山里躺了很久,它梦想有一天能够像鸟儿一样飞翔。当它把自己的理想告诉同伴时,立刻招来同伴们的嘲笑:"瞧瞧,什么叫心比天高,这就是啊!"这块石头不去理会同伴们的闲言碎语,仍然怀抱理想等待时机。

有一天,庄子路过这里,石头把自己的梦想告诉了他。庄子说:"我可以帮你实现,但你必须先长成一座大山,这可是要吃不少苦的。"

石头说:"我不怕。"于是它拼命地吸取天地的灵气,承接雨露的惠泽。不知经过了多少年,它终于长成了一座大山。于是,庄子招来大鹏以翅膀击山,一时间天摇地动。一声巨响后,山炸开了,无数块石头飞向天空,就在飞的一刹那,石头会心地笑了。

生命的形式并不重要,关键是看它是否有价值、有意义。

但是不久它就从空中摔下来,仍旧变成当初的模样,落在原来的地方。庄子问:"你后悔吗?"

"不,我不后悔,我长成过一座山,而且体会过了飞翔的快乐!"石头说。

# 蒲公英

蒲公英妈妈有许多孩子。有一天,孩子们都长大了,它交给每个孩子一把小伞,对它们说:"去吧,孩子们,东西南北,天涯海角,到广阔的世界上去闯吧。生活在等待着你们!"

一阵风吹来,蒲公英的孩子们告别了妈妈,快乐地撑着小伞,忽忽悠悠,高高低低地飞走了。

住在旁边的桃树婶婶见了,大为惊奇地问蒲公英妈妈:"怎么,你让孩子们都走了?"

"都走了!"

"身边一个也不留?"

桃树婶婶很不理解,为蒲公英妈妈惋惜。

"一个也不留。"蒲公英妈妈说。

桃树婶婶又问:"它们这样细小脆弱,能经得起风雨的摧残吗?你一点不为它们担心吗?"

蒲公英妈妈笑道:"用不着担心,我们蒲公英家族,就是这样才散布在全世界的……"

 ## 懒惰的麋鹿

整整一个秋天,灰熊都没来得及欣赏一下山水间绚烂的景色。它急急忙忙地寻找并储存准备过冬的食物。当初冬的寒风吹落树上最后一片叶子时,它完全准备好了。高兴的灰熊便带着自己的孩子悠闲地在森林中散步。它们说笑着,嬉闹着,十分快乐。

小麋鹿看到这情景,跑回家告诉妈妈,说:"妈妈,熊妈妈带着小熊每天在树林里散步,做游戏,可快乐

了,咱们也去玩吧!"

"好吧!"麋鹿妈妈说。于是这对母子也加入到游戏当中,反正深秋初冬的森林到处是可口的食物。

前来游戏的动物越来越多,宛如一场盛大的森林节日,麋鹿母子乐此不疲。

雪花飘落的时节,灰熊开始呆在家里,其他动物也销声匿迹了,只有饥饿的麋鹿母子不得不每天到雪层下面寻找草根度日。寒风与饥饿差点要了麋鹿母子的命。

## 起 飞

几只小燕子在父母辛勤哺育下,渐渐长大,羽毛也丰满了。

一天,燕子爸爸和妈妈决定要带领小燕子去试飞。燕子爸爸在窠沿上做了一个示范动作,展开翅膀飞出去。几只小燕子也学着爸爸的动作,勇敢地张开翅膀飞出去了。

燕子妈妈在窠里满意地望着小燕子一只只勇敢地飞

放下心中的胆怯,大胆地去尝试,一定会带给你惊喜。

出去,热情地鼓励道:"好样的!"

轮到最后一只小燕子起飞时,它站在窠沿上,望望上面高高的蓝天,看看下面深深的地面,不禁有点胆怯,两腿发颤,不敢起飞。

"孩子,勇敢些!"

燕子妈妈鼓励它,它还是不敢。燕子妈妈用翅膀推了它一下,它跌了下去。

"啊呀!"将临地面时,它惊醒过来,用力张开翅膀挣扎,终于飞起来了。

燕子妈妈松了一口气,说:"好啊,孩子,你飞起来了!"

# 麻雀与山鹰

才刚跳出蛋壳,小麻雀和小山鹰就成了极为要好的朋友。它们一起在灌木丛里游戏,一起到池塘里梳理各自的羽毛,一起爬上草垛尽情地歌唱,憧憬着未来。

不久,它们到了青春年华,但小麻雀迷恋上了泥土,因为那里有一望无边的庄稼,有水、昆虫和谷粒,一切都是现成的。只要蹦上几蹦,就可以吃饱肚子;稍稍扇动几下翅膀,又能够到树梢上聊天。风来了,有草丛庇护;雨来了,人的屋檐下也能缩一缩。轻轻松松地享受,无忧无虑的生涯!小麻雀十分知足。

可是,小山鹰不这样,它再也不满足于在草丛里觅食、在屋顶上飞行、在树梢上栖息。它跃跃欲试,开始时想到了高山之巅,继而又追求空中缭绕的白云。最后竟要张开翅膀向太阳飞去。它说,我要奔向最高的目标。它说,这是一项崇高

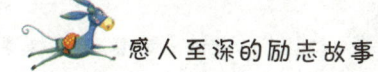
感人至深的励志故事

的事业。小麻雀知道后,警告它:"傻瓜!你这是自寻烦恼活受罪!我得到的一切你将永远得不到!"小鹰摇摇头,真得飞去了。自此,它们分手了。

　　许多年过去了,小字辈的它们已经成了老字辈。一天,老麻雀带领儿孙钻进精致的暖巢。抬头之间忽然发现一只大鸟还在苍穹之上高高飞翔。仔细看去,却意外地认出它竟是自己少年时的朋友山鹰呵!晚霞的金光把它照耀得无比辉煌。一层层的白云为它记录着新的高度。惊喜之余,老麻雀深深叹息起来:同样是一只飞鸟,同样从一个起飞线上起飞,人家飞得那么高,而自己飞得这样低。或许山鹰失去的东西自己全然得到了,但那是鄙俗和渺小;可是山鹰得到了东西呢,自己却永远得不到……多么遗憾,那可是伟大和崇高!

　　老麻雀惭愧地闭上眼睛。

##  倾听人的谈话

有一天,猫妈妈对小猫说:"你已经长大了,该自己去找东西吃了。"小猫惶惑地问妈妈:"妈妈,那我该吃什么东西呢?"猫妈妈说:"你仔细倾听人们的谈话,自然就知道了。"

第一天晚上,小猫躲在梁柱间,听到一个大人对孩子说:"小宝,把鱼和牛奶放在冰箱里,小猫最爱吃鱼和牛奶了。"第二天,小猫躲在陶罐边,听见一个女人说:"把香肠和腊肉挂在梁上,别让小猫偷吃了。"

第三天,小猫躲在屋顶上,听见一个人说:"把奶酪、肉松收好,小猫的鼻子很灵的。"

小猫开心地回家告诉猫妈妈:"妈妈,果然像您说的一样,只要我仔细倾听,就知道了答案。"

# 懒人学飞

从前，有一个懒人跑到神仙山，向老神仙陈述自己要遨游太空的愿望。请求教他登天之术。老神仙拿出一双草鞋，说："这是一双神鞋，你拿去穿吧。头一天它只有一斤重，第二天就变成两斤重了，第三天三斤，第四天四斤，总之，它每天都增长一斤。只要你天天坚持穿着跳跃，满了三年你就能飞上天啦！"

懒人满心欢喜地把神鞋穿上，谁知跳不了几下，他就脱下来扔掉了，苦着脸哀求老神仙："这鞋现在只有一斤重，就够我受啦，如果穿上半个月，岂不将我折磨死了，还能等到满三年吗？老神仙，你还是大发慈悲，教我舒舒服服地学会飞上天空的本领吧！"

"舒舒服服地学？"老神仙苦笑一下，便给了他一个花枕头，说："好吧，你就拿这个安乐枕回去舒舒服服地躺下来吧，一合眼你就能飞上天啦！"

懒人回到家里，果真枕着安乐枕舒舒服服地卧在床上。他刚闭上眼睛，便觉得身如轻烟，随即从床上飘出窗外，一直向碧空飞去。这时，他得意忘形地嚷道："我飞上天空啦，我可以遨游太空了！"

"大白天说梦话,真是活见鬼!"他老婆生气地将他抱下床来。

"你看见我飞上天了吗?我的理想实现啦!"懒人睡眼惺忪地说。

"怕苦怕累的人只能在梦中实现他的理想,你就在床上躺一辈子吧!"妻子一边说着,一边抓起花枕头朝懒人打去。

## 细毛鸡老师

细毛鸡是一个出名的教师。鸭子、燕子、啄木鸟都把自己的孩子送到细毛鸡的学校里来入学。

一天,细毛鸡带了学生们到外面去游玩。

到了外面,小燕子看到了辽阔的天空,高兴地说:"老师,我会飞,我能飞上天。"

细毛鸡连忙阻止说:"孩子,飞行太危险了,要跌断腿的呢!还是步行最安全。"

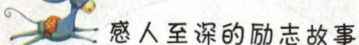

感人至深的励志故事

到了河边,要过河。小鸭子说:"老师,我会游泳,我能游过去。"

细毛鸡连忙禁止道:"游泳太危险了,要溺死的,还是坐船过河最安全。"

它把所有的学生都赶进了船,渡过了河。

到了一棵树下,小啄木鸟向树身试啄了两下,快

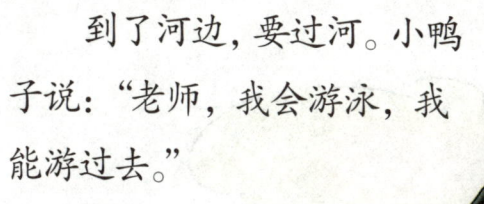

活地对着老师说:"老师呀,这棵树生了虫,我已经发现虫蛀的地方,看我把它捉住。"

细毛鸡忙拖住小啄木鸟说:"别多管闲事了吧!"

细毛鸡恐怕学生们在外面受了坏影响,它赶紧把学生们都带到自己的狭小的窝里去。

谁也不能说细毛鸡不是一个好心的教师,可是它要把小鸭子、小燕子、小啄木鸟都教养成跟自己一样的人:"既不会飞翔,又不会游泳,只顾自己,不管人家的'闲事'"。

## 鸢饿子

鸢展开双翅,在天上盘旋,任由风力将它提升,自由翱翔在天空中。

当它返入窠里,那些饥饿的雏鹰把口张得大大的,期待着妈妈能带回来战利品。鸢非但没有给孩子们带回任何战利品,反而狠狠地啄了这些小家伙。

孩子们感到很奇怪,鸢生气地说:"我今天什么也不给你们吃,你们已长得太胖了。你们必须懂得鸢不像其他鸟那样飞,根本用不着发狂激拍双翅以停留在高空。相反,我们依靠风力,如果高空有风,我们就飞得高;如果风吹向地面,我们就飞得低;当没有风的时候,那么,我们就得使用羽翼了。必须用尽全力,往上慢慢飞去,要是身体吃胖了,就做不到了。这就是为什么今天你们饿肚子的原因。"

## 母狐逐子

母狐有4个孩子。它们年幼时,母狐煞费苦心抚育和保护它们。待小狐狸长大了,母狐对它们

说:"孩子,现在你们长大了,都自己去生活吧,不能再留在这儿。"

一只小狐狸说:"我不愿离开您,我要永远留在母亲身边。"

另外3只小狐狸异口同声哀求说:"是啊,我们要和母亲住在一起。"

母狐生气说:"闭嘴,我不要你们和我住在一起!"

豪猪看见了这情形,觉得诧异,便问母狐:"你做母亲的,怎么忍心把自己的孩子统统赶走?"

母狐回答道:"是啊,我们狐狸家族的传统就是:要让子女走南闯北去独立生活。不然,它们就毫无生活能力,无法在这世界上生存了。"

##  白头翁的教诲

布谷鸟疲惫地落到树枝上歇脚,神情十分沮丧。原来,这些日子它四处奔波,想在声乐界找到自己的位置。无奈各个剧团或委婉地告之"编制已满",或直截了当地表示"不愿录用"。总之一句

话，没谁赏识它歌唱的才能。

望着天上飘动的薄云，布谷鸟再也不想张开翅膀去飞，去碰钉子了。它觉得前途渺茫，甚至怀疑自己是不是唱歌的材料。

这时，一只白头翁飞来，落到它的身边，热情地鼓励说："孩子，你的歌唱得很好，要相信自己！"

布谷鸟伤心地摇摇头："唱得再好也没人聘用，还不是和废料一样？"

白头翁慈爱地引导它："为什么只寄希望于别人的赏识？自己开发自己，自己赏识自己！这世界上到处都可以搭起你歌唱的舞台，既然真有才华，那就最大限度地展现它！我相信，只要你坚持下去，将来一定会大有成就的！"

听了白头翁的话，布谷鸟极受启发和鼓舞。它振作精神，到田野上、山林里勇敢地为大众歌唱，终于成为飞禽界一流的歌唱家。

# 佛像与木鱼

一位雕刻大师在完成一件佛像的雕刻之后,看了看一旁剩下的木料,捡起一块形体较大的,顺手便将其做成了庙里使用的木鱼。

在大师完工的那个夜里,木鱼嘲笑那尊佛像:"看看你,浑身刀伤累累,花了那么长的时间、受了那么多的苦,现在只能端坐在那儿,一动也不能动。你看我,浑身光滑,又能发出'咚、咚、咚'的清脆的声音,哈,怎么我们的命运会相差这么大呢?"佛像对于这样的嘲弄,只是笑而不语。

过了几天,一所香火旺盛的庙宇的住持,前来拜访雕刻大师,闲聊当中,无意间看到这座佛像及木鱼,几经恳求,终于征得雕刻大师的同意,以高价将佛像昂及木鱼买了回去。

安置在庙宇中的佛像,每天都受到信徒的膜拜,承受香火的供奉,身份地位尊荣备至。而那个木

鱼，则被放在神桌前，随着和尚早晚课的诵经声，不断地被小木槌"咚、咚、咚"地敲打。

一天夜里，木鱼又开口了，问佛像道："为什么我们来自同一块木头，你可以享受供奉，而我却必须天天让那些和尚敲啊敲，难过死了……"

佛你终于开口了："在大师完工之前，我所受到的雕琢之苦，当然不是言语可以形容的，当初你不愿意接受刀斧加身，今天你我所受的待遇，理所当然地会有天壤之别了！"

木鱼仍不甘心地说："我们一样地出身，却是不同的待遇。唉！怎么我们的命运会相差这么大呢？"

# 风和白杨树

白杨树辛辛苦苦培育出很多蒴果，里面珍藏着无数绒毛般的种子。它十分疼爱它们，时刻给予着无微不至的关怀，可是，一阵风把它们吹跑了。

　　白杨树含着泪花，愤怒地质问风："喂，冷酷的家伙！你为什么把我的孩子们吹得七零八落、四处飘散？"

　　风笑了笑说："白杨树妈妈，我这是在帮您播种啊，让您的孩子早一天成长起来。如果不是我来相助，世界上怎么会到处都有您的子孙？白杨树又怎么可能成为植物界最显赫的种族之一呢？"

　　白杨树愣了，知道错怪了风，赶忙羞愧地解释："我之所以这样说，是由于太爱我的孩子啦，不忍心让它们离开我。"

　　风扬起了头，告诉它："母鸡的翅膀可以庇护小鸡，但大树的荫蔽却只能窒息嫩树。您看看，在您的膝前能长起几棵小树呢？外面是广阔的天地，还是让它们跟随我闯荡、扎根，开创新的基业吧！"

## 小池中的小虎鲨

小虎鲨一出生就在大海里,很习惯大海中的生存之道,肚子饿了,小虎鲨就努力找大海中的其他鱼类吃,虽然要费力气,却也不觉得困难。

有时候,小虎鲨必须追逐良久,才能猎到食物。这种难度,随着小虎鲨经验的长进,越来越不是问题,猎食的挫折并不会对小虎鲨造成困惑。

很不幸,小虎鲨在一次悠游追逐时,被人类捕捉到。离开大海的小虎鲨还算幸运,一个研究虎鲨的单位把它买了去。关在人工鱼池中的小虎鲨虽然不自由,却不愁猎食。研究人员会定时把食物送到池中,都是些大大小小鱼食。有一天,研究人员将一大片玻璃放到池中,把水池隔成两半，小虎鲨看不出来。

这一天，研究人员把活鱼放到玻璃的另一边，小虎鲨等研究人员将放下鱼之后，就冲了过去，撞到玻璃，痛得头眼昏花，什么也没吃到。

小虎鲨不信邪，等了几分钟，看准了一条鱼，嗖！又冲过去，撞得更痛，差点没昏过去，还是吃不到。

休息10分钟之后，小虎鲨饿坏了，这次看得更准，盯住一条更大的鱼，嗖！又冲过去，情况没改变，小虎鲨撞得嘴角流血。想不通到底是怎么回事？小虎鲨瘫在池子里。

最后，小虎鲨拼了最后一口气，嗖！再冲，仍然被玻璃挡着，撞了个全身翻转，鱼就是吃不到。小虎鲨终于放弃了。

研究人员又来了，把玻璃拿走。然后，又放进小鱼，在池中游来游去。小虎鲨看着到口的鱼食，却不敢去吃，

可是又饿得眼睛昏花,不知道该怎么办了。

##  母亲树和种子

种子望着母亲大树,心里一直很不快活。

终于有一天,它开口说话了:"妈妈,您和父亲既有强劲的枝干,又有繁茂的叶片。为什么却丝毫不分点给我,只让我光着身子躺在泥土里?您看,老虎把王位传给了儿女,山鸡把美丽留给了下一代,就连老鼠还知道死前给子孙造几间洞穴呢!你们既不给我高大,也不给我粗壮,难道我不是你们的骨肉吗?"

树妈妈仰天长叹:"唉,你只看到眼前这些。傻孩子,你是我们最疼爱的宝宝,我们殷切地期望你更有成就。尽管什么也没送给你,但在你的身上,我们注入了最

奋斗精神是一种可贵的精神,只有奋斗,才能成就辉煌。

好的品质、最大的活力和最强的奋斗精神。只要你在泥土里吸收营养,蓬勃向上,将来也一定会在大地上昂首挺立的!"

种子笑了,它从阳光里仿佛看到了自己辉煌的未来。

这时,它好像又听到树妈妈在自言自语:"留下财富,子孙就不会奋斗了;留下奋斗,子孙就拥有了无尽的财富……"

## 陀 螺

陀螺向孩子抱怨说:"我既然能转出高速度,你为什么还用鞭子抽打我呢?"

孩子不客气地指出:"看,你已经转得越来越慢了!"

说着,又给了它两鞭子。

陀螺抗议:"我不想挨鞭子。"

孩子一撇嘴:"除非你从此拥有了主动性。"

陀螺叫喊起来:"这鞭子抽在身上好疼好疼的呀!"

孩子安慰它:"但它不是惩罚,而是督促;不是打击,而是加油!"

##  大地的鼓励

二月,田野上还残存着冰雪,小草就已经在地下萌芽。它渴望钻出地皮,及早成为大千世界里的一员。

但树排斥它:"你能像我这样高大吗?无论怎样奋斗,顶多一尺长的身量,还是缩回去吧,这里没有你的位置!"

花也抢白它:"哼,并不是谁都可以在这地球上站脚的,请亮出美貌和高贵来!"

小草灰心了……

这时,大地鼓励它说:"孩子,不要气馁,你可以和你的亿万伙伴一起,编织一块铺遍天涯的绿地茵。继续向上拱动吧,只要你敢于突破,我也会给你在金色阳光下立

身的一席之地!"

小草立刻又充满勃勃的生机。

## 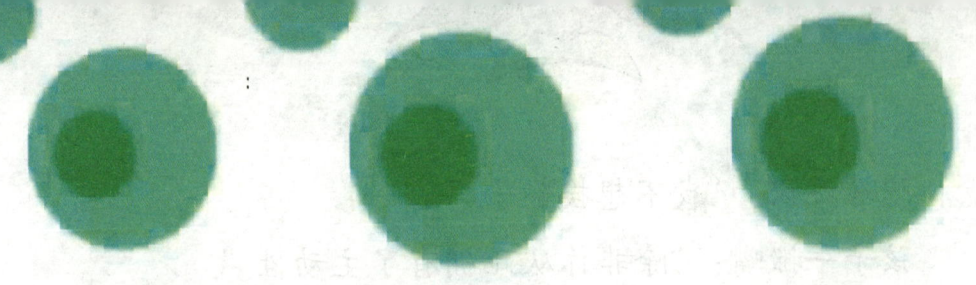 小马过河

一匹小马想到前面的山坡上吃草。可是,当它来到山坡前时,一条小河挡住了去路。小马向左边看看,又向右边看看,怎么也没有看到可以过河的桥,只好停住了脚步,看着河水发呆。

这时,一匹老马从后面过来,它看见小马在河边发呆,就问:"孩子,你为什么站在这儿

发呆呀？"

小马说："我想到对面山上吃草，可是小河挡住了我的去路。"

老马说："那你为什么不过去呢？"

小马说："河上没有桥，我想等河水流干了以后再过去。"

老马听了哈哈大笑说："傻孩子，河水是流不干的。你想等河水流干，那你就永远到不了对面的山坡，和我一起游过去吧！"

小马说："那好吧，我试试看吧。"

小马和老马一起下了水。不一会儿，小马就游过了河。小马上岸后，自言自语地说："如果我不试一下，现在我还站在对岸上发呆呢。"

学会大胆地尝试，不尝试永远也不会成功。

小马于是总结了一条经验:"要做成什么事就得大胆地去尝试。"

## 老马与小马

有一匹可敬的老马,带着它唯一的儿子在一片丰美的草地上生活。小马驹根本不把这种幸福的生活放在眼里,一天,养得又懒又胖的小马驹对它父亲说:"近来我的身体不舒服。是这片草地不卫生,伤害了我。三叶草没有香味;水中带泥沙;空气刺激我的肺。一句话除非我们离开这儿,不然我就要饿死了。"

老马为了让孩子受点苦就带儿子出发,去寻找新家。

经过两天的跋涉,小马几乎饿

得前腿拖不动后腿了。

老马又把它带回到原来的草地。小马才知道以前的生活是多么美好。

# 不争气的马

参观了精彩的赛马会，在回家的路上，主人感叹地对坐下的马说："我的马啊，今天的比赛你可都看见啦，那一匹匹腾云驾雾，追风撵月般的骏马，多棒呀！可你呢，走起路来慢慢腾腾，一步三摇活像一头老驴！要不是熟马难舍，我真想把你卖了……唉，就不能给我争争气吗？"

"我怎么能跟那些骏马相比，它们的装备可比我强多啦，就说鞍子吧——"

"哦，对！对！"主人恍然大悟道："那些骏马的鞍子，确实都是明光程亮的！好，我立即去给你配一副好鞍子。"

马鞍很快配好了，可是这匹马依然如故。

主人忍不住又发起牢骚来。

马说:"你不就配了一副鞍子吗;可是那些骏马的装备,还是比我强,再说缰头吧……"

"哦,"主人想,"那些骏马的缰头,似乎是要强点。"

于是他又买来了新缰头。

对马的所有欲望和要求,他都尽量满足。遗憾的是,这匹马始终没有丝毫长进。

主人苦恼万分,百思不解:"我给了它一匹骏马所拥有的一切,可它为什么不能成为一匹骏马呢?"

##  打 猎

有个老猎人带着自己的孙子到森林里打猎。老猎人身手不凡,一会儿就打到许多猎物。

小孙子十分羡慕爷爷的本领,就让爷爷教他打猎。爷爷指着一群小鸟,对他说:"孩子,今天你的目标是要打中一

只小鸟。"

孩子说:"好!"

孩子开了一枪,没有打中,鸟群飞走了。

一会儿,又飞来一只小鸟,孩子又举枪瞄准,还是没有打中。

一次又一次,孩子总是打不到空中飞过的小鸟。

他看见爷爷一枪打下一只老鹰来,就问爷爷:"爷爷,我为什么连一只小鸟都打不到?"

爷爷说:"孩子,如果你的目标是一只鹰,那你可能射到一只小鸟;如果你的目标是月亮,那你可能就会射到一只鹰;如果你的目标只是一只小鸟,那你什么也射不到。"

# 不满的罐子

一节课上,狐狸教授在桌子上放了一个装水的罐子,又从桌子下面拿出一些正好可以从罐口放进罐子里的"鹅卵石"。当狐狸教授把石块放完后问它的学生道:"你们说这罐子是不是满的?"

"是"所有的学生一口同声地回答说。

"真的吗?"狐狸教授笑问。然后再从桌底下拿出一袋碎石子,把碎石子从罐口倒下去,摇一摇,再加一些,再问学生:"你们说,这罐子现在是不是满的?"这回它的学生不敢回答得太快。最后班上有位学生怯生生地细声回答道:"也许没满。"

"很好!"狐狸教授说完后,又从桌下拿出一袋沙子,慢慢地倒进罐子里,倒完后,再问班上的学生:"现在你们告诉我,这个罐子是满的呢？还是不满的呢？"

"没有满！"全班同学这下学乖了，大家很有信心地回答说。

"好极了！"狐狸教授再一次称赞这些"孺子可教也"的学生们。称赞完了后，狐狸教授从桌底下拿出一大瓶水，把水倒在看起来已经被鹅卵石、小碎石、沙子填满了的罐子。

## 走钢丝的小猪

森林里有只小猪，跟随猴子师傅学走钢丝。小猪胆小，看着那细如发丝的钢丝，不相信自己能在上面行走而不摔下来。

一次又一次，小猪从钢丝上摔下来，就是不能成功地走到钢丝的另一头。于是，猴子师傅在小猪背上系了一根绳子，自己上到

高高的台子上,拉着绳子的另一端。这样,即使小猪从钢丝上掉下来,也不会摔下来。

因为身上有绳子,小猪感到十分安全,它终于顺利地走过了全程。小猪高兴地笑了,它再三请求师傅,千万不要松开背上的绳子,否则它就会掉下来。

但是,当小猪又一次走上钢丝时,师傅悄悄松开了手,绳子轻轻落了下去。小猪毫无察觉,带着绳子给它的安全感,顺利地走到了钢丝那一头。

从此以后,小猪再也不怕走上高高的钢丝了。

# 大猪和小猪

猪想让孩子有点出息。这天,它睁开眼睛,想开个训导会,教育自己的孩子们,一看,天上还有星星,它想,谁能这么早就办

事呢？

又睡了一觉醒来，太阳已经老高了，肚子也咕噜咕噜地叫了起来，它想："谁能不吃饭就办事呢？"

吃完了饭，肚子胀得难受，赶紧跑了趟厕所，回来，眼皮又沉了下来。它想："谁能不休息就办事呢？"

结果就这样，一天天过去了，小猪看见老子吃了就睡，睡了就吃，它们也就跟着吃了就睡，睡了就吃！

## 野猪和家猪

一天，一头野猪闯进了农民的猪圈来。

野猪看见猪圈里躺着的几头家猪，不禁诧异地问道："看你们的样子多么像我，你们都是猪吗？"

一头家猪打了个呵欠，懒洋洋地回答说："是啊，我们都是猪。这点还用得着怀疑吗？"

野猪说:"你们怎么变得这样懒懒散散、没精打采的,丝毫没有猪的气势和精神,我们在山林里并不是这样的呀!"家猪努努嘴哼道:"我们在这儿,吃了睡,睡了吃,有人伺候我们,舒服极了。还要到山林里去干吗?朋友,你也留在这儿享福吧!"

野猪听了,叹道:"哦,原来如此!我得赶快离开这儿,不然,我也要变成和你们一样的懒货了!"

# 夜猎高手猫头鹰

在一次动物演唱会上,猫头鹰因它难听的嗓音受到全体动物无情的耻笑。从此,它所到之处都是冷嘲热讽。

猫头鹰羞愧得无地自容,它害怕白天见人,于是改到夜里活动。无数个漆黑的夜晚,它哭泣着哀叹命运的不公。

 感人至深的励志故事

匆忙赶路的赫尔墨斯听到了它那伤心欲绝的哭声,便停下来问它。猫头鹰听到这关切的问候,便痛快淋漓地向他哭诉了自己的遭遇。

赫尔墨斯微笑着告诉它:"虽然你的歌声不好听,但你有敏锐的目光、尖利的爪子,你可以做好多有益的事情,干吗老想那些不愉快的事情呢?"

猫头鹰听了,说:"谢谢你的鼓励!"它不再去想那些悲伤的事,专心地抓老鼠,最终成为了捕猎高手。

# 人与鹰

一个猎人在打猎时,看到了一只受伤的幼鹰。这只小鹰十分可怜,性命危在旦夕。于是,猎人把它带回家中,悉心照顾。

猎人把幼鹰和小鸡一起养在鸡笼里，这只幼鹰便和小鸡一起成长起来。它们一起啄食、嬉闹和休息，它一直以为自己是一只鸡。

渐渐地，这只鹰长大了，羽翼丰满起来。主人想把它训练成猎鹰，可是由于终日和鸡混在一起，它已经变得和鸡完全一样，根本没有飞的愿望了。

猎人试了各种办法，都毫无效果。最后，猎人把它带到山崖顶上，一把把它扔了出去。

起初，这只鹰像块石头似的，直直地掉了下去。在落地之前，它慌乱中拼命地扑打翅膀。就这样，它居然飞了起来！

这时，它终于认识到生命的力量，成为了一只真正的鹰。

## 老鹰的遗嘱

它是一只孤傲的老鹰，在陡立的峭壁上独居了很多年月。渐渐地，鹰老了，体力衰弱了，它已经感受了死亡的威胁。

一天，老鹰使出全身的力气，发出一声激昂的呼叫，把远近的孩子们都召唤到自己的面前。孩子们聚齐后，它仔细地看了它们一眼，然后凝重地说："你们都是我用心血养育的孩子，在你们年纪还小时，我就告诫你们，既然是一只鹰，就必须勇敢地正视太阳。在你们的兄弟里，有承受不住强烈阳光的，我都让它们饿死了。这就是你们比所有的鸟类都要勇猛、都飞得更高的原因。谁敢侵犯你们的鹰巢，就别想活命，天地之间的飞禽走兽都畏惧你们；但你们要宽厚仁慈，绝不要去伤害那些无辜的小生命。有一条古训你们必须牢记：你可以强迫别人害怕你，却无法强迫别人尊敬你。"

老鹰的孩子们全都一排排站在岩石上，屏息聆听着父亲的教诲。

"生命留给我的日子不多了，"老鹰继续说道，"但我不想死在这冰冷的岩洞里，我要进行最后的冲刺，飞向蓝天，飞向太阳，飞向翅膀能把我带去的一切地方。我要让太阳的光焰焚毁我那些衰巧的羽毛，只有在那时，我才会投向大海的万顷波涛。"

老鹰说话时，山野中一片沉寂。风，放轻了脚步，崖壁的回声也蹑足远遁。

"你们应该知道，"老鹰说，"正是在这个时刻，将发生一个伟大的奇迹，当我从海水中出来的时候，同时也获得了新生。我将带着新的活力，新的翅膀飞向天空。当然，同样的景况也在等待着你们，这就是我们鹰的命运。"

老鹰的话说完了，它腾身飞到空中，平展双翅，在它生活了多年的峭壁上空盘旋着。它的神态高傲而威严，转了一圈又一圈，它在和它的孩子、和这片梦魂相依的山野，作最后的告别。孩子们沉默着，它们注视着父亲，只见它一转身，疾电似的向太阳飞去。

# 驯 鹰

M国和C国的两位驯鹰专家有一回碰在一起,就互相交流起驯鹰经验来。

"我驯养了一千只良种鹰!"C国驯鹰专家说。

"这么多呀?真了不起!"

"它们个个毛色纯正,目光如剑,谁见了谁爱!参观者人山人海,前来写生的画家络绎不绝,动物学家,生物系大学生,各级首长,各界人士,谁都来观摩!这些人排成队,足足可以绕地球35圈!"

"请问,它们飞得高吗?"M国驯鹰专家问。

"飞?干嘛要飞?我驯的鹰可以做各种表情,各种动作,当然也包括展翅欲飞的动作,但它们留恋

故园，从来不飞！"

"啊……"

"那么，请问你驯的鹰……"

"我驯的鹰只有三百来只，参观都也不多，不过它们个个都能直冲蓝天，翱翔于千里之外。"

"翱翔千里之外，哎呀呀，飞了这么远，如何控制得了？你不怕它们不回来吗？"

"大多数鹰周游了世界之后，又飞回我的园子里，也有个别鹰从此就不回来了，不过无论它飞向何方，都能够遨游云天的。"

"哈哈！这方面你还得向我学习，我的鹰全都剪去翅膀上的羽毛，老实温顺，一只也丢不了！"

"上帝呀！不能飞的鹰，还能叫鹰吗？真是不可思议！"

## 小鹰学飞

**鹰**妈妈的几个孩子中,有一只小鹰非常瘦弱。虽然妈妈给予它特别的照顾,但它仍是兄弟当中最弱小的。

到该学飞的时节,小瘦鹰的兄弟们都会飞了,而小瘦鹰却一次一次地从树上摔下来。"妈妈,我要飞!您再教我一遍吧。"

小瘦鹰默默地在心中重复妈妈的讲解,然后展翅向上飞,但它瘦弱的身体使它难以完成飞翔的动作。它摔到一块

没有克服不了的困难,面对困难,一定要迎难而上。

石头上，血流遍地。第二天，伤还没有好，它又开始练习，可还是不能成功。

"妈妈，我真的不能飞吗？"小鹰伤心地说。

"不，孩子，神告诉我，你将来是飞得最高的鹰。"妈妈宽慰它。

小瘦鹰继续在树上练，一天，两天……五天过去了。有一天，它用力一蹬，身子腾空而起。"我成功了！"它高兴地叫着。

##  谁跑得最出色

清晨，兔妈妈出门采蘑菇，临行前嘱咐两个孩子要好好练习跑步。晚上，

感人至深的励志故事

要敢于向强者挑战,只有不断挑战,才能攀向高峰。

兔妈妈提着一大篮子蘑菇回来,对它们说:"你们今天谁跑得最出色,我奖个最大的蘑菇给它。"

"今天我的成绩最佳!"小黑兔抢先答道。

"今天我的成绩最佳!"小白兔跟着说。

"你们今天都跟谁比赛啦?"兔妈妈问。

"我跟乌龟赛跑,所有的乌龟都跑不过我!"小黑兔又抢先答道。

"我跟千里马赛跑,所有的千里马都快过我!"小白兔也跟着说。

兔妈妈把奖品给了小白兔。"我今天得了冠军,为什么不给我大蘑菇?"小黑兔问。兔妈妈意味深长地说:"赢了乌龟,倒不如输给千里马!有志气的人要敢于和高手比。"

## 不材之木

一个很有名的木匠带徒弟们寻找适合造船的木材。

当走到一座庙宇附近时,看见庙旁长着一株参天大树。这棵树的树阴可以遮盖千头牛,树身有百尺粗,树干一直越过山头,光是可以用来造船的旁枝就有十几枝。

但令徒弟们感到奇怪的是,师傅竟然视而不见,仍不停脚地往前赶路。

徒弟们十分疑惑,不明白师傅的意思,就追着师傅问:"自从我们跟您走南闯北学手艺以来,还从没有碰见这样好的木材,可您为什么看也不看它呢?"

师傅说:"那棵树是棵脆而不坚的树木。如果用来造船的话,会沉;如果做箱子,会很快裂缝;即使制成柱子也会被虫蛀……"

"可是,它确实是一棵少有的巨树啊!"徒弟们惊叹道。

"是啊！正因为它不能用来做任何东西，所以才长得这么大，有这么长的寿命！"师傅慢慢地说。

## 培 养

一对老鼠夫妇生了一窝小老鼠，下决心要把小老鼠培养成才，至少不要当过街老鼠，"人人喊打"的滋味不是好受的。

于是夫妇俩专偷饼干、面包、蛋糕、香肠等美味食品给小老鼠吃。等小老鼠吃饱后，夫妇俩还要商量明天偷什么、怎样偷的计划。

一天晚上，夫妇俩从隔壁邻居家偷了面包回来。突然看见自己孩子——一窝小老鼠爬在五斗橱上，正在偷吃小主人的一包饼干。它们气坏了，把小老鼠一只只喊到洞里，

瞪圆眼珠，翘起胡子，狠狠教训它们："你们这些小东西，我平时教育你们，长大做只好老鼠，为啥不听爹妈的话，还未长大，倒先干起小偷来了。这像啥样子，真气死我了！"说着说着，它们竟气得流泪了。

小老鼠望着爹妈，抖抖索索地争着说："你们天天偷东西，说的又是怎样偷东西。我们听得多了，当然要学偷东西了。"

这对老鼠夫妇你瞧我，我瞧你，好久说不出话来。

## 老鼠妈妈教子

天气多晴朗，一只小老鼠在外面玩，突然气喘吁吁地进了门。老鼠妈妈问小老鼠为什么这么惊慌。

小老鼠说:"我在外面遇到危险了。"

鼠妈妈问:"你可以告诉我是谁吓着你了吗?"

小老鼠说:"我到前面山坡上玩,有两只动物引起我的注意。一个动物头上有个大肉包,好动,爱嚷嚷,尾巴展开着像插着美丽的羽毛一样,它的胳膊能使它飞起来。"

老鼠妈妈说:"那是小公鸡。我的孩子。"

小老鼠说:"那家伙吵吵嚷嚷,把我吵烦了,本来我会和另一个新朋友玩上的。那个新朋友可安静了,它长着柔软的毛,有斑纹,尾巴长,目光炯炯,耳朵竖着的,我很想与它玩一会儿,可是一声巨响把我吓跑了……"

老鼠妈妈一把搂着孩子说:"好孩子,那个家伙可是个坏东西,它表面温柔,可是它专门吃你的哥哥姐姐叔叔伯伯,心肠最恶毒了。而那只小公鸡呢?要记住它不会侵犯我们的,有时候,它们会成为我们繁荣美食。告诉你吧,那个坏东西就是我们家族的死对头——猫,你千万要提防它,不然就会成为它的可口饭菜。"

# 马与驴

京城里，有一匹马和一头驴子，它们是好朋友。马在外面拉东西，驴子在屋里拉磨。

后来，这匹马被一位即将去战场的将军选中。马跟随将军一起转战各地，为将军取得赫赫战功立下了汗马功劳。三年后，这匹马驮着得胜的将军回到京城，重新见到了老朋友驴子。

马谈起这次远征的经历：一望无际的草原，风尘漫舞的沙漠，千年不化的冰雪……那些神话般的境界，使驴子听了大为惊异。

驴子叹道："你有这么丰富的见闻呀！这么遥远的道路，我连想都不敢想。"

马说："其实，我们所走过的路

程大致是相等的。当我和将军转战各地的时候,你一步也没有停止。不同的是,我和将军有一个远大的目标,即消灭所有的敌人,所以我们打开了一个广阔的世界;而你却被蒙住了眼睛,一生就围着磨盘打转,所以永远也走不出这块狭隘的天地。"

## 武王的皇哺犬

武王酷爱打猎,也就喜爱猎狗。有一只雄健敏捷的猎狗特别讨他的宠爱。武王不忍让这只心爱的猎狗去奔跑追逐,就将它供养起来,给它吃人的食物,穿人的衣服,还给它取名叫皇哺犬。

一天天过去,皇哺犬长得肥肥胖胖,连一步也不愿意走动了。

不久,武王驾崩,他的儿子成王即位。成王首次出猎,皇哺犬像往常一样往御马上跳。成王大怒,喝斥道:

不要接受盲目的宠爱和娇惯，那些不仅毫无益处，还会葬送自己的前途。

"这身穿人服的是什么怪物？"

群臣奏道："这是先王宠爱的猎狗皇哺犬。"

"既是猎狗，让它前去捕猎！"成王命令。

群臣一拥而上，将它赶进猎狗群中。可怜皇哺犬跟随着同伴们跑上几步，便再也动不了啦。

成王打猎归来，见趴在地上喘作一团的皇哺犬，吩咐道："这家伙打猎虽不中用，倒也长得一身好膘，可送到御厨房里，宰了供下酒！"

皇哺犬一听，立刻哀哀地吠叫起来："先王呀！正是你的宠爱断送了我呀……"

## 高贵的猫

富翁喂养了一只猫。这只猫毛发柔软鲜亮，浑身一尘不染。富翁整天抱着它，出入于豪华筵席，遍尝了山珍海味。见了它的人，都夸它是一只高贵的猫。富翁听了高兴极了。

这天,猫随着主人到朋友家去玩。朋友家里鼠害肆虐,大白天排着队在客厅里旅行。

富翁想让这只猫露一手,就把它放下来,让它去捉老鼠。

这只猫从未见过老鼠,乍一见这群灰不溜秋的小生灵,吓得直发抖。

富翁见猫不捉老鼠,十分着急,便伸脚踩死一只老鼠,拎着送到猫的嘴边。

猫左右摆头,厌恶地躲避着。

富翁固执地将老鼠往猫嘴里塞。

猫张开大嘴,"哇"地大叫一声,一口咬掉了富翁的手指头。

"哎哟!"富翁痛得尖叫起来。

朋友看了这幕活剧,忍不住笑道:"果然是一只高贵的猫,不吃老鼠,却要吃主人的手指头!"

感人至深的
励志故事